Thommie Bayer
Heimweh nach dem Ort, an dem ich bin

PIPER

Zu diesem Buch

Eigentlich ist er immer nur geflohen. Vor jedem Schmerz, jeder Niederlage und am Ende vor sich selbst. Das wird ihm klar, als er den Ort findet, den er vielleicht sein Leben lang gesucht hat: einen Bungalow inmitten von Weinbergen und Tabakfeldern, Ahorn und Holunder. Ein Idyll. Einer Katze, die ganz selbstverständlich mit ihm spricht, und einer Nachbarin, die ihm ebenso selbstverständlich ihre Freundschaft schenkt, gelingt es nach und nach, ihn aus seiner Erstarrung zu lösen. Und er lernt wieder, den Unterschied zwischen Einsamkeit und Alleinsein zu erkennen. Endlich öffnet er sich und erzählt, was vor Jahren mit seiner Frau und seinem Sohn geschehen ist. Er begreift, dass er sich entscheiden muss für ein Leben mit sich selbst. Mit kleinen Worten und höchst ungewöhnlichen Mitteln widmet sich Thommie Bayer einem großen Thema – der Liebe und dem Sinn, den wir in unserem Leben suchen.

Thommie Bayer, 1953 geboren, gehört zu den arriviertesten Autoren der deutschen Literatur und hat sich mit seinen zahlreichen Romanen und Erzählungen eine große Leserschaft erschrieben. Neben anderen erschienen von ihm die Romane »Das Glück meiner Mutter«, »Das innere Ausland«, der für den Deutschen Buchpreis nominierte Roman »Eine kurze Geschichte vom Glück« und zuletzt »Einer fehlt«. Thommie Bayer lebt mit seiner Frau in Staufen bei Freiburg.

Thommie Bayer

Heimweh nach dem Ort, an dem ich bin

Roman

Mehr über unsere Autorinnen, Autoren und Bücher:
www.piper.de

Von Thommie Bayer liegen im Piper Verlag vor:
Eine Überdosis Liebe
Spatz in der Hand
Der Himmel fängt über dem Boden an
Einsam, zweisam, dreisam
Der langsame Tanz
Das Aquarium
Die gefährliche Frau
Singvogel
Eine kurze Geschichte vom Glück
Die frohe Botschaft abgestaubt
Aprilwetter
Fallers große Liebe
Heimweh nach dem Ort, an dem ich bin
Vier Arten, die Liebe zu vergessen
Die kurzen und die langen Jahre
Weißer Zug nach Süden
Seltene Affären
Das innere Ausland
Das Glück meiner Mutter
Sieben Tage Sommer
Einer fehlt

Ungekürzte Taschenbuchausgabe
ISBN 978-3-492-30155-8
1. Auflage November 2015
5. Auflage August 2024
© Piper Verlag GmbH, München 2011
Umschlaggestaltung: Kornelia Rumberg, www.rumbergdesign.de
Umschlagmotiv: Neubauwelt
Satz: Satz für Satz, Wangen im Allgäu
Gesetzt aus der Bembo
Druck und Bindung: CPI books GmbH, Leck
Printed in the EU

Für Jone

Nur in ihren Träumen werde ihr richtig warm, sagte sie, und deshalb träume sie gern.

Werner Koch, *Seeleben*

»Sakrament, bist du schön.« Die weiße Katze mit den grauen und schwarzen Flecken saß auf einem Holzstoß am Wegrand. Ich ging unwillkürlich langsamer, um sie nicht zu erschrecken, näherte mich bis auf etwa zwei Meter und blieb dann stehen.

Wäre sie am Boden gesessen, hätte ich mich in die Hocke begeben. Das tue ich immer, denn der Charme von Katzen weht mich seit jeher an wie eine Botschaft oder Ahnung, etwas, das ich zwar empfange, aber nicht verstehe und deshalb umso aufmerksamer beachte – vielleicht ist es nur das: Wenn ich eine Katze sehe, dann weiß ich, dass ich lebe.

»Das ist kein Grund zu fluchen«, sagte sie.

»Wie bitte?«

»Hast du schon verstanden.«

»Sprichst du?«

»Klar.«

»Menschensprache?«

»Nicht direkt. Es kommt in deinem Kopf als

Menschensprache raus, ich spreche nicht wirklich, es passiert innen, ich muss nicht mal den Mund aufmachen dafür. Oder siehst du mich miauen?«

Sie gähnte, streckte sich, zuerst nach vorne, dann nach hinten, dann nahm sie wieder ihre sitzende Haltung von eben ein und schaute vor sich hin, als warte sie auf das Erscheinen einer Maus direkt zwischen ihren Pfoten. Für mich sah das ein bisschen gelangweilt aus, aber ich konnte mich täuschen, mir war schon klar, dass unsere Körpersprache sich von der katzischen unterscheidet.

»Darf ich näher kommen?«, fragte ich.

»Klar.« Das klang nun aber wirklich gelangweilt.

»Langweile ich dich?«

»Das ist keine Katzenkategorie. Langeweile gibt es nur für Menschen.«

Das klang nun eindeutig arrogant für mich, aber sie darauf hinzuweisen, schien mir sinnlos – ich sah ihre Antwort voraus, auch Arroganz sei keine Katzenkategorie. Also ignorierte ich den Anflug von Ärger, den mir ihr blasierter Ton verursachte, und ging zu ihr, lehnte mich an den Holzstapel und sah ihr in die Augen. Grün und Bernstein. Sie gähnte wieder. Sie hatte Mundgeruch.

»Und das, was du gerade tust, also hier liegen und in die Gegend schauen, wie fühlt sich das an? In Katzenkategorien gedacht?«

»Wie Vordemjagen, Nachdemschlafen oder Vordemspielen oder Nachdemessen.«

»Verarschst du mich?«

»Nein. Ich mag dich.«

»Warum?«

»Weil du *mich* magst. Und ich seh dir an, dass du schon mal um eine wie mich getrauert hast. Dein Blick ist liebevoll und sehnsüchtig, so als könnte ich vielleicht eine Wiedergängerin derjenigen sein, deren Fehlen du immer noch manchmal an deiner Haut spürst.«

Damit traf sie ins Schwarze. Und zwar mit solcher Wucht, dass ich den Blick von ihr abwandte, weil ich nicht wollte, dass sie sah, was in mir vorging.

Die Augen auf die Wiese gerichtet, versuchte ich, das Thema zu wechseln: »Du denkst also nur deinen Teil des Dialogs und schickst ihn dann auf irgendwie telepathische Weise in mein Gehirn, wo er sauber übersetzt in Menschensprache ankommt?«

»So etwa. Ja.«

»Dann bist du echt was Besonderes.«

»Gleichfalls. Du auch.«

»Wieso?

»Dem Hübschen macht der Spiegel Komplimente.«

Obwohl das nun ganz sicher was Nettes war, wurde ich den Verdacht nicht los, dass sie mich herablassend behandelte. Schon die Form ihrer Antwort, dieser Orakelton, war überheblich.

»Ist ein Spiegel eine Katzenkategorie?«

»Ein Spiegel ist ein Ding, und eine Kategorie ist was zum Denken. Und mit den Unterschieden von Katzensicht und Menschensicht würden wir endlos Zeit vertun«, sagte sie, »tut mir leid, dass ich davon angefangen hab. War meine Schuld.«

Ich legte beide Ellbogen auf den Holzstoß und betrachtete die Wiese mit den Sommerblumen und den etwas weiter entfernten Waldrand. Wo die Katze hinsah, wusste ich nicht, ich jedenfalls schaute auf die sonnige Lichtung und versuchte, die Bienen oder Hummeln zu entdecken, deren Summen ich hörte.

Dieser Ort war wie geschaffen zum Glücklichsein. Der Moment eigentlich auch, aber irgendetwas störte. Anstatt die Unterhaltung mit einer Katze, einer wunderschönen obendrein, zu genießen, stellte ich misstrauische Überlegungen darüber an, ob sie sich eventuell über mich lustig machte. Und wenn schon. Was gab es daran auszusetzen?

»Geht's dir gut?«, fragte sie neben meinem Ohr.

»Ich weiß nicht so recht«, sagte ich, »manchmal weiß ich's nicht so recht. Jetzt grad ist das der Fall.«

Ich spürte ihre feuchte Nase an meinem Kinn, dann ihren Pelz, sie war aufgestanden und rieb sich an mir. Dann spürte ich ihre raue Zunge in meinem Haar – sie putzte mich.

»Und jetzt?«, fragte sie nach einigen Minuten intensiver Fellpflege.

»Geht's mir gut«, sagte ich.

Sie schnurrte.

Dann legte sie sich neben mich, ihre Brust an meinem Oberarm und eine Pfote auf meinem Unterarm. Ihr Schnurren war beruhigende Musik und mischte sich mit dem Geräusch der Bienen oder Hummeln, die ich noch immer nicht sah, aber jetzt auch nicht mehr suchte. Was ich vor Augen hatte, war mir schön genug.

»Hast du einen Namen?«, fragte ich nach einer ziemlich langen Zeit.

»Wir haben nur einen Geruch. Das reicht bei uns. Aber nenn mich ruhig, wie du möchtest. Mir ist jeder Name recht.«

»Flecki?«

»Das musst du mit dir selbst ausmachen. Wenn du den Namen gut findest, dann heiße ich so. Kein Problem.«

Ich gehöre eigentlich zu der Sorte von Menschen, die ihre Katzen irgendwie ironisch tauft, weil sie sich der eigenen Zuneigung schämt, sich vielleicht gar davor ängstigt und deshalb gewollt nüchtern gibt. Ein so kindlich-zärtlicher Name wie Flecki wäre mir früher nicht in den Sinn gekommen – eher irgendwas Verzicktes und verquält Albernes wie Kopernikus, Elvis, Frau Müller oder Erynnie. Um nur ja nicht von etwaigen Besuchern für sentimental gehalten zu werden. Als ob der Ausdruck von Liebe automatisch auf Kitsch rauslaufen müsste. Oder als ob Liebe zu einem Tier eine Art Verfehlung wäre, etwas Blamables, Peinliches, Zweitklassiges.

»Schön, dich zu spüren, Flecki«, sagte ich, und ihr Schnurren wurde von einem erneuten Gähnen unterbrochen, das mit einem Klacken des Gebisses endete.

»Gleichfalls«, sagte sie und schnurrte weiter.

»Unter Menschen geht so was nicht«, sagte ich,

»jedenfalls nicht unter Fremden – dass man sich einfach aneinanderschmiegt und freundliche Geräusche dazu macht.«

»Ist auch unter Katzen nicht direkt üblich.«

»Nein? Wieso eigentlich nicht?«

»Isso.«

»Wie?«

»Das. Ist. So.«

»Ach so. Isso. Klar.«

»Und bestimmt ist es eher gut so«, sagte sie, »zumindest bei euch. Stell dir die Missverständnisse vor, die daraus entstehen würden. Du fährst mit dem Zug durch die Nacht, und die Person auf dem Sitz neben dir legt ihren Kopf in deinen Schoß und schläft. Dazu lässt sie noch vertrauensvoll ihre Hand auf deinem Schenkel liegen – wie fühlt sich der Gedanke an?«

»Du hast recht«, sagte ich, »nur mit sehr viel Zusätzlichem erträglich. Nein, eigentlich gar nicht erträglich. Was auch immer ich mir dazu denke – es ist eine Frau, sie ist schön, ich bin einsam und auf der Suche, sie ist ungebunden und mit mir schon fündig geworden, sie ist nicht nur schön, sondern auch klug und mild, genau der Mensch, mit dem ich verbunden sein will, verbunden sein kann, sie denkt dasselbe von mir, wir haben beide die Statur, einander durch alle künftigen Verwandlungen hindurch zu begleiten, und so weiter, und so weiter – es geht nicht. Unmöglich.«

»Nur zwischen Menschen und Katzen.«

»Und da auch nur zwischen manchen, oder?«

»Jetzt hast du's«, sagte sie, »nur bei denen, die echt was Besonderes sind.«

»Weil sie telepathisch dolmetschen?«

»Das würde ich nicht direkt zur Voraussetzung machen – es ginge auch ohne Gespräch. Überhaupt ist es eigentlich auch nichts Besonderes, was Besonderes zu sein.«

»Und wie meinst du das nun wieder?«

»Wir Katzen sind alle was Besonderes, und die Menschen, die das bemerkt haben, auch. Fertig. Isso. Kein komplizierter Gedanke.«

»Mir wird schwindlig. Du bist eine Rabulistin.«

»Nein, ich bin nur die erste Katze mit Humor, der du begegnest – zumindest die erste, bei der du's merkst.«

»Du verarschst mich also doch.«

»Wenn du das Verarschen nennst.«

»Was denn sonst?«

»Verbale Zärtlichkeit vielleicht? Plaudern? Ein Streicheln mit Worten, ohne gleich allzu ranschmeißerisch zu sein?«

»Na dann. Gut, dass wir darüber gesprochen haben.«

»Sollen wir ein bisschen schlafen? Es ist so schön warm.«

Sie gähnte wieder, streckte sich und sah mich an.

»Ja. Machen wir«, sagte ich und kletterte auf den Holzstoß, legte mich hin, einen Arm unter den Kopf, den anderen so ausgestreckt, dass sie sich dranschmiegen konnte – sie tat es, schnurrte wieder, und ich spürte ihre Krallen, die sich in mein

Handgelenk bohrten. Es war nicht sonderlich bequem, fühlte sich aber dennoch sehr, sehr gut an. Ich schlief ein.

~

Es war überhaupt nicht bequem gewesen, das wurde mir klar, als ich aufwachte und vor mir zwei kichernde Mädchen und ein ängstlich dreinblickender Junge standen, alle drei mit Fahrrädern und New-York-Yankees-Mützen, und alle drei mit je einem Fuß auf dem Pedal, um sofort losflitzen zu können, falls ich mich als Sittenstrolch, flüchtiger Verbrecher oder sonstwie gefährlich herausstellen sollte. Flecki war verschwunden.

»Seid ihr schon lang da?«, fragte ich.

»Nein«, sagte eins der Mädchen, und: »Sie haben geschnarcht«, das zweite. Der Junge schwieg, schaute aber jetzt ein bisschen weniger ängstlich drein. Vielleicht weil ich seine Sprache beherrschte.

»Habt ihr eine Katze gesehen?«

Der Junge antwortete: »So eine ... äh ... irgendwie ...«

»Weiße?«, fragte ich hoffnungsvoll.

»Ja«, sagte der Junge, »mit so ... äh ...«

»Flecken?«

»Nein«, sagte der Junge.

»Wenn du sie nicht gesehen hast«, fragte ich, »woher weißt du dann, dass sie weiß war?«

»Weiß ich ja nicht«, sagte er jetzt mutiger, weil er es geschafft hatte, mich reinzulegen, »haben Sie gesagt.«

Schon wieder Humor. Schon wieder auf meine Kosten. Irgendwas stimmte nicht mit diesem Tag. Lag ich vielleicht im Koma, rannten Ärzte um mich herum, die um mein Leben rangen, und mein Gehirn spendierte mir zur Entlastung einen lustigen Landausflug mit Katze, Kindern und Hummeln?

Die Kinder fuhren los – ich war nicht mehr interessant, weder eine Leiche noch ein Verbrecher, nur ein schnarchender Mann auf einem Holzstoß.

»Flecki«, rief ich, als ich die Kinder außer Hörweite glaubte, aber sie blieb verschwunden. Ich suchte noch die Wiese ab, dann den Waldrand, rief immer wieder, dann lehnte ich mich noch eine Zeit lang an den Holzstoß und merkte, dass ich traurig wurde. Ich hatte eine sprechende Katze gefunden und schon wieder verloren.

Und mir wurde klar, dass Flecki nicht der richtige Name für sie war. Ich hätte sie Isso nennen sollen. Oder Groucho. Ich ging zurück zu dem Haus, das ich gemietet hatte, um endlich eine dringende Arbeit in Angriff zu nehmen, einen Essay, den ich schon vor einiger Zeit versprochen, aber so lange vor mir hergeschoben hatte, bis der Ablieferungstermin immer greller im Kalender blinkte. Über die Grenze zwischen Wahrnehmung und Einbildung, den Punkt, an dem Realität zu Fiktion wird, und die Frage, wieso wir uns mit solchen Fragen überhaupt abquälen, da doch alle Wirklichkeit erst durch unsere Wahrnehmung transponiert als Repräsentation, als Erzählung, als Quasi-Fiktion bei uns ankommt. Eine Art Wiedersehen mit der *Welt als Wille und Vorstellung*. Das würde keinen interessieren. Es interessierte ja nicht mal mich. Aber es gab Honorar, darauf konnte ich nicht verzichten, und ich hatte zugesagt, also musste ich auch liefern.

Die Sonne stand tiefer, das Haus lag jetzt im Schatten, aber es war noch immer so heiß wie zu Beginn meines Spaziergangs und schien auch nicht mehr kühler werden zu wollen. Ich schwitzte von dem kurzen Weg und merkte, dass meine Haut im Gesicht spannte und juckte – ich hatte mir beim Schlafen auf dem Holzstoß einen Sonnenbrand geholt.

Als ich den Schlüssel ins Schloss steckte und herumdrehte, hörte ich ein gutturales Geräusch, es klang nach Taube, war aber Katze.

»Isso?«, rief ich und hörte sie antworten: »Hier. Guck nach oben.«

Sie saß auf dem kleinen Vordach und schaute zu mir herunter. »Schließ auf«, sagte sie, »mach schon. Ich hab Durst.«

~

Sie sprang mir zuerst auf die Schulter – sie fühlte sich erstaunlich schwer an – dann auf den Boden und ging gleich, als ich die Tür geöffnet hatte, zur Küche. Kannte sie sich aus, oder waren hier alle Küchen rechts vom Eingang? Vielleicht folgte sie auch dem Geruch, Katzen haben feine Nasen. Als ich bei ihr ankam, war sie schon auf die Theke gesprungen und putzte sich die linke Flanke. Nur die linke.

»Wasser?«

»Ja bitte.«

Ich brauchte eine Weile, um ein Schälchen zu finden, sie putzte sich währenddessen weiter, es klang hübsch. Wie eine kleine Bürste, mit der jemand einen kleinen Mantel traktiert.

Als ich das Wasser vor sie hingestellt hatte und sie zu trinken begann, erlebte ich so etwas wie einen Flashback: Mit dem Schnurren und der einen oder anderen Musik ist dieses Geräusch eines der schönsten, an die ich mich erinnere. Es klang vertraut und machte mich traurig.

»Du kannst mir von ihr erzählen«, sagte Isso, ohne ihr Trinken zu unterbrechen.

»Ein andermal«, sagte ich und suchte nach einer brauchbaren Übersprungshandlung, mit der ich meinen schwindelerregenden Anfall von Nostalgie verbergen konnte. Mir fiel nichts ein, außer einem Blick in den Kühlschrank, der mir aber nichts Neues zeigte, denn ich hatte am Vormittag eingekauft und alles Verderbliche verstaut.

»Ich kauf dir Brekkies.«

»Brauchst du nicht.«

Hatte sie gemerkt, dass ich sie verlocken wollte, bei mir zu bleiben? War ihre Antwort eine Absage an diesen Wunsch? Der dezente Ausdruck für ihre Absicht, gleich wieder weiterzuziehen?

»Es ist Sommer«, sagte sie, »ich hol mir eine Maus, wenn ich Hunger habe.«

Las sie meine Gedanken? War sie überhaupt weiblich? Ich hatte ihr nicht indiskret unter den Schwanz geschaut, war einfach davon ausgegangen, dass sie eine Kätzin sei, aber ihre Witze und die etwas kurz angebundene Art hätten auch zu einem Kater gepasst. Allerdings hatte ich keine Ahnung, worin sich Kater und Kätzinnen in der Redeweise unterscheiden könnten. Dass sie überhaupt redeten, war neu für mich.

So wie sie durchs Haus ging, kannte sie sich aus. Sie war nach dem Trinken von der Theke gesprungen und hatte sich, zielstrebig wie mir schien, aufgemacht ins Wohnzimmer, wo sie aufs Sofa hüpfte und sich hinlegte. Die Pfoten vor der Brust nach innen gefaltet. Sie lag da wie ein Brot. Oder ein Schiff.

»Du bist wirklich schön«, sagte ich.

»Hattest du schon erwähnt.« Sie gähnte und machte wieder dieses klackende Geräusch beim Schließen der Kiefer. Dann kniff sie die Augen zu, und ich nahm das als Aufforderung, sie in Ruhe zu lassen.

Ich öffnete die Terrassentür, um ihr ganz beiläufig zu signalisieren, dass ich sie nicht einsperrte, dass sie jederzeit gehen konnte, ich hoffte, ihr mit dieser Geste das Bleiben zu erleichtern. Bei mir funktioniert das. Wer mich zu fest umarmt, wird mich schnell wieder los, wer locker lässt, behält seine Anziehungskraft.

Ich spürte wieder meinen Sonnenbrand im Gesicht und wusste nicht, was ich jetzt tun sollte. Auch schlafen? Nein, dazu war es zu spät. Wenn ich jetzt noch schliefe, dann würde ich zerschlagen und verwirrt aufwachen und nicht mehr in den Abend zurückfinden. Ich nahm mein angefangenes Buch vom Tisch und ging damit nach draußen auf die Terrasse. Eigentlich wäre ich gern dringeblieben und hätte dem Schlaf von Isso gelauscht, aber auf einem Stuhl wär's mir zu unbequem gewesen, das Sofa gehörte jetzt ihr (oder ihm, falls sie ein Kater war), und den Sessel hatte ich am Morgen nach draußen gebracht, zusammen mit einem Schemel, um den Ausblick auf die Weinberge und Tabakfelder zu genießen.

~

Ich hatte dieses Haus im Internet gefunden und mich sofort verliebt. Der leicht heruntergekommene Bungalow mit den Rosenbüschen und Holundersträuchern im Garten, dem Ahorn rechts und den drei Birken links der Terrasse, das alles sah schon auf den Fotos aus wie der Ort, nach dem ich ein Leben lang gesucht hatte. Ohne allerdings davon zu wissen – es brauchte den Zufall, die nervöse Lähmung, die mich in der Stadt befallen hatte, den Fluchtreflex und nicht zuletzt dieses näher rückende Abgabedatum, um mir zu zeigen, was ich eigentlich wollte: hier sein und von niemandem bedauert werden.

Eigentlich ließen meine Finanzen solche Extravaganz nicht zu. Ein Ferienhaus zu mieten, nur um eine Arbeit in Angriff zu nehmen, hieß, weit über meine Verhältnisse zu leben. Aber der Charme dieser Bilder im Internet war stärker gewesen als meine ansonsten verlässliche Zurückhaltung beim Geldausgeben. Vielleicht verbarg sich ja etwas für mich bis dahin Unhörbares und Undenkbares als Flüstern im Subtext: Hier wartet die sprechende Katze auf dich.

Ich spürte, wie sich mein Gesicht verzog – ich lächelte amüsiert über mich selbst. Die sprechende Katze gab es natürlich nur in meinem Kopf. Da drinnen im Haus schlief zwar eine echte, aber dass sie mir Rede und Antwort stand, bildete ich mir selbstverständlich ein. Ich bin nicht der heilige Franziskus. Und ich bin kein Spinner. Nicht dass ich wüsste jedenfalls.

Ich bin ein Realist. Zumindest versuche ich einer zu sein, auch wenn ich mich in angstvollen Momenten dabei erwische, dass ich Gott oder irgendetwas Ähnliches anrufe. »Bitte mach, dass der Befund negativ ist«, sage ich dann zum Beispiel in meinen vor lauter Panik leeren Kopf hinein und will glauben, wenigstens in diesem Moment, dass jemand die Macht hat, dieser Bitte zu entsprechen. Ich brauche einen Gott, wie jeder Mensch, dabei weiß ich, dass es keinen geben kann. Die Faktenlage spricht dagegen.

Ich hatte sie nicht kommen gehört. Auf einmal sprang sie in meinen Schoß, blickte mich an und sagte: »Kannst du eine Weile stillhalten?«

»Sicher«, sagte ich, und sie kringelte sich rund, legte den Schwanz um sich und die Pfoten nebeneinander auf meinen Schenkel und schaute ins Tal. Das heißt, ich nahm an, dass sie ins Tal schaute, ich sah ihr Gesicht nicht.

»Sehr aufgeräumt siehst du aus«, sagte ich.

Sie gähnte.

~

Irgendwo knarrte eine Gartentür, quietschte und schloss sich mit einem Klappern. Und noch bevor ich so recht begriff, dass ich nun doch wieder geschlafen hatte, dass die Sonne hinter den Hügeln verschwunden und Isso von meinem Schoß gesprungen und um die Ecke geflitzt war, hörte ich eine Stimme meinen Namen sagen, und dann stand eine Frau mit Pferdeschwanz vor mir, die nach Gartenarbeit aussah: Jeans, ein kariertes, abgetragenes Hemd und alte Turnschuhe ohne Schnürsenkel.

»Habe ich Sie jetzt aufgeweckt?«, fragte sie.

»Nicht schlimm«, sagte ich, »hallo.«

»Ich bin Carmen Seelig, Ihre Vermieterin, ich wollte mich mal vorstellen, weil Sie doch den Schlüssel in der Bäckerei abholen mussten. Wir sind erst seit heute Morgen aus dem Urlaub zurück, und ich wollte sehen, ob alles in Ordnung ist, ob Sie was brauchen oder so, nein gar nicht wahr, ich wollte einfach Guten Tag sagen.« Sie nahm die Hand hinter ihrem Rücken hervor, darin hielt sie eine Flasche Rotwein. »Und den hier überreichen.«

Inzwischen stand ich, und inzwischen war ich auch relativ wach, also nahm ich zuerst ihre Hand und schüttelte sie, dann den Wein, den sie mir hinhielt. »Danke«, sagte ich, »das ist nett. Ist der von hier?«

»Nein, die Roten sind hier nicht so der Hit, jedenfalls nicht für meinen Geschmack, und weil ich dachte, Sie mögen lieber Roten, habe ich ein altes Geschenk umfunktioniert. Er sollte was taugen. Brunello.«

Wach genug, um meiner Manieren sicher zu sein, war ich noch nicht, aber so viel Kinderstube, dass ich sie zu einem Schluck einlud, stand mir immerhin als Reflex zur Verfügung.

»Gern«, sagte sie, aber sie störe mich doch sicher, wenn ich meine Ruhe haben wolle, sei das auch in Ordnung.

»Die hab ich bis jetzt gehabt, und die hab ich dann nachher gleich wieder«, sagte ich, »jetzt freu ich mich über Gesellschaft.«

»Wenn's Ihnen recht ist, hol ich Gläser und den Korkenzieher«, sagte sie, »ich weiß, wo alles ist«, und sie verschwand im Haus.

»Wieso dachten Sie, dass ich Rotwein lieber mag?«, fragte ich, als sie wieder vor mir stand.

»Ich habe Sie gegoogelt.«

Wortlos ging ich in die Küche und ließ sie einfach da stehen mit den Gläsern – ich brauchte eine Auszeit. Und wenn es nur die Minute war, die das Herausnehmen von Peperoni, Oliven und einem Stückchen Pecorino, einem Teller, einem Messer und einem halben Baguette benötigt, diese Minute brauchte ich. Wenn sie mich gegoogelt hatte, dann kannte sie das Geschwätz über mich, die Aufregung, den Skandal, der mir das Leben in den letzten Wochen so verleidet hatte, dass ich geflohen war, um eine Weile unsichtbar zu sein.

»Hier«, sagte ich, als ich wieder auf der Terrasse stand, »das passt noch dazu.«

Sie hatte die Flasche geöffnet und eingeschenkt und reichte mir ein Glas. Sie hob ihres und sah mir in die Augen. »Auf Ihr Versteck«, sagte sie, »ich halte dicht.«

»Danke«, sagte ich und gab mir Mühe, den Blick nicht zu senken, »es ist übrigens nicht so, wie es breitgetreten wird.«

»Sie haben gar nicht abgeschrieben?«

»Nein.«

»Ich finde das nicht so überwältigend schlimm. Das empörte Getue leuchtet mir nicht ein.«

»Ich fände es auch nicht besonders schlimm«, sagte ich, »nur, ich bin nicht so blöd. Dass man das jetzt von mir glauben kann, macht mich noch zusätzlich verrückt.«

»Wieso stehen dann in Ihrem Buch dieselben Sätze wie in diesem amerikanischen?«

»Sie waren ursprünglich als Zitate gekennzeichnet, aber der Verleger wollte nicht so viel kursiv gesetzt haben, deshalb habe ich all die Stellen in den Fließtext integriert.«

»Dann wird er das doch aufklären, oder?«

»Ich erreiche ihn nicht, er gibt keinen Ton von sich, und inzwischen glaube ich, er lässt mich ins Messer laufen.«

»Prost«, sagte sie und trank einen Schluck.

»Ja«, sagte ich und tat es ihr nach.

»Daran kann ihm doch eigentlich nicht gelegen sein. Wenn sein Autor als Plagiator dasteht und sein Buch per einstweiliger Verfügung gestoppt wird, das kann ihm doch nicht passen, oder?«

Ich zuckte mit den Schultern. »Ich versteh's auch nicht.«

Ich wollte das Thema wechseln und fragte sie nach dem Haus, worauf sie mir erzählte, sie sei hier aufgewachsen und habe nach dem Tod ihrer Eltern nicht verkaufen wollen, aber auch nicht mehr einziehen können, weil für sie, ihren Mann und die beiden Kinder zu wenig Platz in dem kleinen Bungalow sei. Sie deutete auf ein hellblaues Haus in einiger Entfernung, winkte mich zu sich her, damit ich den richtigen Blickwinkel hatte, und sagte: »Dort wohnen wir. Wenn Sie was brauchen, und Ihr Handy ist gerade ausgestiegen, dann könnten Sie auch mit einem Handtuch winken.«

»Oder rüberkommen«, sagte ich.

»Geht auch.«

Nachdem sie gegangen war, weil, wie sie sagte, das Abendessen auf sie wartete, fühlte ich mich alleingelassen. Und vor allem fühlte ich mich zurückgeworfen in dieses Mischgefühl aus Frustration und Zorn, dem ich hierher eigentlich hatte entfliehen wollen. Der Essay war nur der Vorwand, den ich vor mir selbst brauchte, um mich nicht als Feigling zu fühlen – ich wollte weg sein aus der Stadt, weg von meinem Telefon, vom Fax, vom stündlichen Blick in die E-Mail und das Internet und dem brüllenden Schweigen des Verlegers, der sich einfach nicht zu meiner Ehrenrettung aufraffte.

Ich hatte schon länger den Verdacht gehabt, dass er kein wirklich guter Mann sei, aber mich nicht weiter daran gestört, da einer wie ich froh sein muss, überhaupt einen Verlag zu haben. Ich verkaufte nicht viele Bücher. Nicht mehr. Vor Jahren war das mal anders gewesen, aber diese Zeit war offenbar vorbei. Wenn ich von einer Biografie oder einem filmhistorischen Sachbuch zwei- oder dreitausend Exemplare verkaufte, dann konnte ich schon froh sein.

Das Buch, um das es hier ging, ist eine Laurence-Sterne-Biografie. Ich habe ein in den USA erschienenes, aber ignoriertes Buch ausgiebig zitiert, habe ganze Textpassagen daraus übernommen, und das wäre auch ohne Kennzeichnung als Zitat niemandem quergelegen, weil sich das Werk erstens nur knapp siebenhundertmal verkauft hatte, sich ohnehin nicht viele Leute für Laurence Sterne interessieren, und selbstverständlich kein Mensch dieses untergegangene amerikanische Buch kennt. Aber ein kleiner österreichischer Verlag brachte es in Übersetzung heraus und entdeckte dummerweise die textgleichen Passagen bei mir. Großes Geschrei, Plagiat, Skandal, einstweilige Verfügung und natürlich: tolle Werbung für den österreichischen Verlag und seine Übersetzung. Und Pech für mich. Ich stand als Dieb da, als Schwindler, als unseriöser Schlawiner, und die Flasche von Verleger schwieg. Er ließ sich am Telefon verleugnen, antwortete nicht auf meine Mails, rief nicht zurück und ließ keinen Ton in der Presse verlauten.

Der Brunello war sehr gut. Frau Seelig hatte mir da einen echten Trostspender überlassen. Ich war schon beim zweiten Glas, aber nur mit den paar Peperoni und Oliven im Magen schien mir das nicht das richtige Abendprogramm. Ich machte mir Spinat und Spiegelei. Eigentlich wollte ich jeden Tag etwas Richtiges kochen, aber die Dosen und Tiefkühlpäckchen im Supermarkt waren zu verlockend gewesen. Für sich alleine kocht man nicht. Man wärmt allenfalls auf oder schneidet sich was zurecht. Ohne das zufriedene Gesicht eines Gastes ist das nichts.

~

Es war immer noch warm, und ich setzte mich auf die Terrasse. Außer Sessel und Schemel, die ich herausgetragen hatte, stand da auch noch ein kleiner weißer Tisch mit drei Stühlen, an dem ich jetzt Platz nahm. Mein Buch legte ich in Reichweite, aber ich würde wohl nicht darin lesen, war zu aufgeregt – der Groll hatte mich wieder.

Weiß, Gelb, Grün, Rot – mein Teller sah sehr appetitlich aus. Ich hatte mir noch Tomatensalat dazu gemacht. Ich probierte den Spinat und war zufrieden, auf die nächste Gabel legte ich ein krosses Stückchen Eiweiß.

Ich hatte sie nicht kommen gehört. Mit einem Gurren flog sie auf den Tisch und näherte sich mit weit ausgestellten Schnurrhaaren und zitterndem Näschen meinem Teller.

»Hallo Isso«, sagte ich, »bist du eigentlich eine Frau oder ein Mann?«

»Irrelevant«, sagte sie und starrte auf mein Essen.

»Willst du was ab?«

»Eigelb«, sagte sie.

»Ich hol dir einen Teller« sagte ich und stand auf, aber sie machte sich über das Ei her und murmelte so etwas wie: »Kann nicht warten. Geht nicht.«

»Moment, jetzt stopp doch mal. Du kriegst es ja«, sagte ich, schnitt ihr, vorsichtig, um sie nicht mit Messer oder Gabel zu behelligen, das Eigelb aus der Mitte des Ovals und schob es an den Tellerrand. Sie fraß gierig. Ihr Schwanz machte abwechselnd ein Fragezeichen und ein Lineal. Sie trat von einer Pfote auf die andere.

»Gut?«, fragte ich.

Keine Antwort.

Ich versuchte, weiterzuessen, aber irgendwie hatte ich das Gefühl, sie zu stören, also wartete ich, bis sie das Stück Ei vom Teller gezerrt hatte und direkt vom Tisch aß.

»Wenn uns jemand sieht, dann bin ich verschrien«, sagte ich.

»Als was denn?«

»Hygieneversager vielleicht?«

»Quatsch. Katzen sind die saubersten Tiere der Welt.«

»Da hast du eigentlich recht.«

»Eigentlich?«

»Da hast du recht.«

Das Eigelb war weggefegt, auf der Tischplatte nur noch ein Fleck. Ich hatte vorsorglich das zweite nicht angerührt und schnitt es jetzt unaufgefordert heraus, schob es ihr wieder an den Tellerrand, von wo sie es erneut auf den Tisch zog.

»Hast gute Manieren«, sagte sie und machte sich darüber her.

Das Essen schmeckte mir. Auch ohne Eigelb. Und mein Groll war vergessen. Ich dachte nicht mehr an den Rufmord, der mich noch eben wieder so sehr in Panik versetzt hatte, dass es mir schwergefallen war, den Laptop nicht anzurühren und das neuere Internetgeschwätz über mich zu ignorieren.

Isso saß jetzt auf dem Stuhl und putzte sich.

»Schön, dass du da bist«, sagte ich.

»Bin übrigens eine Frau«, sagte sie.

Den zärtlichen Unsinn, den ich normalerweise absondern würde, konnte ich hier nicht anbringen. Da sie redete, kam es nicht infrage, in ständiger Wiederholung ihre Schönheit zu preisen oder ihr reihenweise niedliche Namen zu geben, sie mit melodischen Wortsüßigkeiten zu verwöhnen und mit einem Gurren oder Maunzen als Antwort zufrieden zu sein. So kam paradoxerweise verlegenes Schweigen auf, nur deshalb, weil wir richtig reden konnten.

»Was gibt's morgen?«, fragte sie.

»Worauf hast du denn Lust?«

»Fisch.«

»Muss ich aber erst holen. Ich habe nur vegetarische Sachen eingekauft.«

»Maus geht immer«, sagte sie gnädig. »Musst nicht extra einkaufen gehen für mich.«

»Mach ich aber. Ich freu mich, dass du mein Gast bist.«

»Gleichfalls.«

»Du freust dich, dass ich dein Gast bin?«

»Hahaha«, sagte sie, »jetzt willst du auch Humor haben. Es klappt aber nicht so toll, klingt ein bisschen rechthaberisch und kleinlich.«

»Und das klingt jetzt ein bisschen unnötig übertrieben ätzend«, fand ich und stellte fest, dass ich tatsächlich beleidigt war.

Sie schaute mich an. Ernst und aufmerksam, fast so, als wolle sie mich etwas fragen. Ich wartete. Schließlich sagte sie nur: »Miau.«

Dann sprang sie vom Stuhl, trabte lässig um die

Ecke, und weg war sie. Da hatte ich wohl eine eher komplizierte Katze aufgetan. Aber Fisch würde ich morgen auf jeden Fall kaufen.

~

Seit ich hier war, hatte ich es geschafft, das Internet links liegen zu lassen, meine E-Mail und sogar das Handy zu ignorieren. Es juckte mich zwar immer wieder, aber zumindest an diesem Abend würde ich noch durchhalten. Morgen Vormittag vielleicht, dachte ich, oder morgen Nachmittag. Irgendwann musste ich es tun, aber ich würde danach deprimiert sein und mich weder auf den Essay noch auf die schöne Umgebung hier einlassen können.

Jetzt redeten Leute über mich, die noch keine einzige Zeile von mir kannten. Und jetzt hatten sie auch einen Grund, diesen Mangel niemals mehr zu beheben. Ich war ja unseriös. Ein Plagiator. Komisch, eigentlich hatte ich gedacht, mein Ruf wäre mir egal, ein quasi anonymer Sachbuchautor kann sich keine Eitelkeit erlauben, zumindest wäre er nicht sehr intelligent, wenn er's dennoch täte – Sachbücher verkaufen sich über ihr Thema, nicht über ihren Autor (wenn er nicht gerade ein Fernsehstar oder Politiker ist), aber jetzt wurde mir klar, dass das nicht stimmte. Das bisschen Renommee, das ich mir bis dato hatte einbilden können, war so ziemlich die einzige Belohnung, die meine Arbeit abwarf. Und ich arbeitete mich krumm, um überhaupt über die Runden zu kommen. Wenn ich nichts Biografisches oder Filmhistorisches schrieb, dann übersetzte ich aus dem amerikanischen Englisch. Die Honorare waren armselig, die Vorschüsse miserabel, ich lebte wie ein Student und musste mich ständig um Folgeprojekte kümmern, damit der mickrige Geldfluss nicht ganz versiegte.

Als ich im Diener, unserem Stammlokal am Savignyplatz, von der einstweiligen Verfügung erzählt hatte, waren mir das Mitleid und die Bewunderung in den Augen meiner Freunde unerträglich gewesen. Ohne auf den Vorwurf näher einzugehen, ohne zu fragen, ob er eventuell berechtigt sei, überhäuften sie mich mit Solidaritätsbekundungen und Durchhalteparolen – sie gingen ganz offenbar davon aus, dass ich eben ein Schwindler mit Pech sei. Ich wurde den Verdacht nicht los, dass sie mir die Geschichte mit den herausgenommenen Fußnoten und Kursivstellen nicht abnahmen. Wenn schon sie so reagierten, war es nicht schwierig, sich vorzustellen, was Fremde über mich zu wissen glaubten. Ich schämte mich paradoxerweise für eine Tat, die ich nicht begangen hatte. Ich war für meine Freunde auf einmal ein Schlaumeier, der die Abkürzung nimmt und seine Arbeit schneller fertig hat, weil er ganze Seiten einfach einmontiert. Sie nahmen mir nur zum Schein die Entlastungsgeschichte ab, weil sie mich nicht kränken wollten. Ich ging nach diesem Abend nicht mehr hin.

Ich brachte ihre Anrufe mit Ausreden hinter

mich, ignorierte die E-Mails und ließ irgendwann den Anrufbeantworter an, um nur noch dranzugehen, falls der Verleger anrufen würde. Was er nicht tat.

Dieser kleine Kollegenkreis war meine Familie. Die einzige, die ich noch hatte. Ich wusste, dass ich mit meinem übertriebenen Ehrgefühl das alles kaputt machte, aber ich wusste auch, dass ich, zumindest in diesem Moment, nicht anders konnte. Auf einmal stellte ich mir vor, sie gönnten mir den Reinfall, in ihrer Bewunderung für meine vermeintliche Chuzpe stecke ein Gramm Hohn und in ihrem Mitleid für mein Pech mehr als ein Gramm Häme.

~

Ich konnte nicht lesen. Konnte mich unmöglich konzentrieren. Der Computer war tabu, und ich wollte nicht schon wieder spazieren gehen. Auch fernsehen schien mir keine Option, und Isso hatte sich verzogen. Schade. Ein erhellendes Gespräch über Katzenkategorien und Menschenkategorien wäre jetzt vielleicht eine Bereicherung gewesen. Zumindest eine Ablenkung.

Ich durchstöberte den kleinen Stapel CDs neben der Kompaktanlage und fand drei Klavierkonzerte und die siebte Symphonie von Beethoven, das Italienische Konzert von Bach und Gitarrenmusik von

Villa-Lobos unter ansonsten uninteressanten Gospels, Opern und Musicals. Ich legte das fünfte Klavierkonzert auf und stellte die Anlage so laut ich es wagte. Direkte Nachbarn hatte ich keine. Ich ließ die Terrassentür offen.

Frau Seeligs Trostspender im Verein mit Beethoven schafften es tatsächlich nach einer Weile, das Rasen in meiner Brust oder in meinem Kopf, oder wo auch immer diese Unruhe ihren Sitz haben mochte, zu bremsen.

~

Ich bin ein eher zurückhaltender Trinker. Das war nicht immer so, aber irgendwann fand ich, ein Rausch sei keine Leistung, und entdeckte, dass das Betrunkensein sich nicht wirklich gut anfühlte. In der Flasche war noch eine knappe Hälfte Trost, und ich beschloss, die zusammen mit Heitor Villa-Lobos in der Badewanne zu reduzieren.

Es war schade, dass ich die Wanne nicht auch auf die Terrasse stellen konnte. Das hätte mir gefallen. Im Mondlicht in einer warmen Nacht mit Gitarre und Brunello auf der Stelle zu plätschern und sich dabei nach irgendwohin zu träumen. Aber ich war ja schon irgendwo. Kein Bedarf, sich noch woandershin zu wünschen. Es würde reichen, wenn ich meine düstere Stimmung in den Griff bekäme. Ich war doch kein Knabe mehr, der sich gleich seinen

Selbstmord ausmalt, wenn er mal zu Unrecht bestraft wurde.

Ich hatte die CD eingelegt, aber die Anlage nun doch leiser gedreht. Das tat der Musik nicht wirklich gut – so klang sie nur noch wie eine akustische Tapete, nicht mehr wie ein Ereignis, aber ich wusste nicht, wie weit das in der Stille der Nacht zu hören gewesen wäre, wenn ich es bei der vorherigen Konzertlautstärke belassen hätte.

Das Wasser war ein bisschen zu heiß, ich musste mich vorsichtig und langsam immer tiefer sinken lassen, bis es mich ganz umschloss und ich mir dazu vorstellte, mich umgäbe nicht das Badezimmer, sondern der Garten, und ich schaute nicht an die grün gestrichene Decke, sondern in den Sternenhimmel.

Ein Schluck Trost. Nichts denken. Nur die Wärme spüren.

Ich konnte eigentlich draußen schlafen. Mich würde schon kein Marder anknabbern oder Serienkiller meucheln. Aber Frau Seelig mochte etwas dagegen haben, wenn ich die gute Matratze auf die Terrasse zerrte. Und wenn ich es genau bedachte, ich hatte auch was dagegen: zu anstrengend.

~

Als die Musik verklungen war, hörte ich ein Plätschern. Ich setzte mich auf und sah Isso, die breitbeinig auf der Klobrille stand, das heißt, ich sah nur ihren Hintern und den emporgereckten Schwanz, der Rest von ihr war in der Kloschüssel zugange.

»Trinkst du aus dem Klo?«

»Ja. Hab Durst.«

»Aber das ist doch eklig.«

»Ist es natürlich nicht. Schmeckt fast so gut wie Pfütze.«

»Aus einer Pfütze würde ich auch nicht freiwillig trinken.«

»Du nicht«, sagte sie, »du bist keine Katze.«

»Und was ist, wenn du da reinrutschst? Dann steckst du kopfüber im Klo.«

»Passiert mir nicht.«

Ich ließ mich wieder ins Wasser zurücksinken und hörte, wie sie noch ein paar Schlucke nahm und dann vom Klo heruntersprang. Es klang nach Medizinball, nicht nach Katze. So federleicht, wie sie auf den Tisch geflogen war, um sich mein Eigelb zu holen, so wuchtig donnerte sie jetzt abwärts, als könne sie ihr Gewicht der Richtung entsprechend verändern.

Sie flog auf den Badewannenrand. Und putzte sich. Sie hatte mir den Rücken zugedreht, und hätte ich keine Ahnung von Katzen gehabt, dann wäre mir ihre Haltung so vorgekommen, als ignoriere sie mich, aber ich sah ihre Ohren, die nach hinten, in meine Richtung, zuckten, wenn ich eine Bewegung machte, nach dem Weinglas griff oder es abstellte.

»Schön, dass du da bist«, sagte ich.

Sie sagte nichts. Sie putzte sich.

~

Die Badewanne war leer, die Trostflasche fast, ich nahm meine Kleider und ging ins Schlafzimmer. Die Terrassentür ließ ich offen, das Fenster neben meinem Bett öffnete ich noch zusätzlich, damit die Nachtluft einen Weg hatte. Und damit Isso zwei Wege hatte.

Ich zog die dünne Bettdecke so über mich, dass sie meine Hüften bedeckte – alles andere blieb an der Luft. Isso war mit mir gekommen, hatte sich ganz selbstverständlich mit einem Sprung und Gurren vor mein Gesicht gestellt, stupste mich dann mit ihrem Schnäuzchen an, leckte einmal über meine Nasenspitze und kringelte sich in meinen Arm. Wie ein Teddybär. Sie schnurrte. Ich schlief ein. Nicht ohne ihr vorher noch ein paar Komplimente gemacht zu haben, die sie nicht kommentierte, jedenfalls nicht verbal, sie bohrte mir nur ihre Krallen in den Arm zum Zeichen ihrer Zustimmung. Kurz bevor ich weg war, ging mir durch den Kopf, dass ich doch eigentlich fortgelaufen war, aber es fühlte sich an, als wäre ich nach Hause gekommen.

Ich kannte diese Geräusche. Ein Rumpeln, ein sehr hohes Fiepsen, fast unhörbar, der Galopp von Issos Pfoten und das Knallen ihres Körpers, der auf etwas Hartes, einen Stuhl, den Türrahmen oder Bettpfosten traf. Ich machte Licht. Und holte im Bad ein kleines Handtuch. Und warf mich, zurück im Schlafzimmer, mitsamt dem Handtuch auf die Maus, als sie gerade panisch an der Bodenleiste entlangrannte.

Weil ich Erfahrung hatte, erwischte ich sie beim ersten Wurf. Ein Glück, denn unters Bett oder hinters Regal wäre ich nicht gekommen. Ich vermied es, Isso anzuschauen, aber ich hörte ihre Stimme: »Spinnst du?«

»Das kommt nicht infrage«, sagte ich, »Mäuse umbringen und essen ist das eine, Mäuse foltern ist das andere. Und das ist in meiner Gegenwart nicht drin.«

»Du spinnst. Eindeutig«, sagte sie.

Ich ging mit dem Handtuchknäuel nach draußen und entließ die Maus am Rand der Terrasse ins bodendeckende Grün. Sie redete nicht mit mir. Sie flitzte nur unter den Cotoneaster oder wie auch immer das hieß, was da wuchs. Also war ich nicht der heilige Franz.

Als ich mich umdrehte, saß Isso an der Terrassentür und sagte: »Die hol ich mir wieder.«

»Dann bring sie um, und iss sie auf«, sagte ich, »dieses Quälen ist grauenhaft.«

»Was bist du? Ein Grasfresser?«

»Ich will einfach nur nicht, dass du die Maus quälst. Sie tut mir leid.«

»Du hast sie nicht mehr alle«, sagte sie. »Die Maus schmeckt besser, wenn sie Sport getrieben hat.«

»Es ist grausig«, sagte ich, »du wirst mir unsympathisch, wenn du so was machst.«

»Na dann«, sagte sie, »will ich dich nicht weiter belästigen.« Und sie ging um die Ecke und war verschwunden.

Und mir wurde bewusst, dass ich nackt auf der Terrasse stand, zwar nicht vom Mond beleuchtet, der noch hinterm Hügel war, aber aus dem Haus drang Licht und machte mich weithin sichtbar. Wenn jetzt ein schlafloser Nachbar hersah, konnte er sich empören.

Soll er, dachte ich und ging rein.

Und fühlte mich schlecht. Ein falscher Satz, und die Harmonie war dahin. So wie vor langer Zeit mit meiner Frau. Ein unüberlegtes Wort von mir, sie schwieg, und wir litten beide. Ich an meinem schlechten Gewissen, sie an der Kränkung. Am liebsten hätte ich Isso hinterhergerufen, es sei nicht so gemeint gewesen, aber das war so unehrlich wie unnütz. Ich hatte es in diesem Moment so gemeint, und sie würde mich längst nicht mehr hören oder, falls doch, mein zerknirschtes Betteln um ihre Gnade ignorieren. So sind die Regeln. Zwischen Mensch und Katze wie zwischen Mann und Frau.

Den ganzen nächsten Tag bekam ich sie nicht zu Gesicht. Anfangs versuchte ich, mir nichts draus zu machen, redete mir ein, sie würde schon wieder auftauchen, aber je mehr ich versuchte, mir Selbstvorwürfe auszureden, desto jämmerlicher wurde mir zumute, weil ich sie mit meiner unbedachten Äußerung vertrieben hatte.

Am Nachmittag im Supermarkt studierte ich die Tiefkühltruhe, als ginge es um eine Verführung, ich suchte den besten Fisch, aber ich kannte mich nicht mehr aus, denn Isso hatte recht, ich bin ein Grasfresser. Mein Sohn war fünf gewesen, als er mir mitteilte, er werde nie wieder ein Tier essen, und ich war es irgendwann leid geworden, jeden Tag zwei verschiedene Mahlzeiten zu kochen.

Schließlich nahm ich *Schlemmerfilet à la Bordelaise*, da konnte ich die Panade abkratzen, falls Isso kein Gekrümel außenherum wollte. Es war wie eine Beschwörung: Ich kaufe Fisch für dich, bitte komm wieder.

Für mich selbst nahm ich allerlei aus der mediterran dominierten Edelfress-Abteilung: Oliven, Peperoni, Schafskäse, Radicchio, Rucola und Friséesalat, Tomaten, Fenchel und eine Avocado. Grasfresserbedarf.

Als ich wieder zum Bungalow kam, war nichts von ihr zu sehen, auch der Pegel im Wasserschälchen schien nicht abgenommen zu haben. Ich stellte ein zweites Schälchen vor die Terrassentür und füllte es mit den Brekkies, die ich ebenfalls mitgebracht hatte, in der Hoffnung, das Geräusch würde sie anlocken. Das hatte bei meiner Katze Minnie immer funktioniert. Das Brekkiesklappern war ein sicherer Heimholer gewesen. Jedenfalls meistens. Hier funktionierte es nicht.

Ich las Zeitung und versuchte später, mit Block und Kugelschreiber erste Sätze für meinen Essay zu notieren. *Alles Begreifen ist Erzählen, wenn wir etwas verstehen, dann erzählen wir uns seine Bedeutung, seine Struktur, seine Beschaffenheit …* Viel zu kopfig und verzwirbelt. Und uninteressant. Ich schrieb noch ein paar Versuche und fand sie alle unbrauchbar. Das lag wohl daran, dass ich keine Idee hatte. Ohne Idee keinen Essay, sagte ich mir innerlich vor, was nicht gerade zur Hebung meiner Stimmung beitrug.

Den Laptop hatte ich noch immer nicht aufgeklappt – einen Tag wollte ich mir noch geben, bevor ich mich auf E-Mails, Anwürfe, Mitleid und Häme einließe.

Schließlich ging ich spazieren. Denselben Weg wie am Tag zuvor, aber sie wartete nicht auf dem Holzstoß, kein Gurren ertönte aus dem tiefen Gras, und kein weiß-grau-schwarz gefleckter Blitz fegte über den Weg. Ich hatte sie vertrieben.

Wieder zu Hause klappte ich zwar den Laptop auf, aber ich ließ den USB-Stick, mit dem ich ins Internet gehen konnte, in der Tasche. Ich spielte ein stumpfsinniges aber süchtig machendes Spiel, bei dem man farbige Kugeln treffen muss, damit sie herunterfallen. So vergingen fast drei Stunden. Und mein Nacken fühlte sich an wie ein Stein.

»Jemand zu Hause?«, rief es von der Terrasse. Frau Seelig stand da, ohne Wein, aber wieder im Gartendress, und diesmal fielen mir ihre eigenartigen Augenbrauen auf. Ganz gerade. Mit ihrem Gesicht konnte man Werbung für diese eckigen Brillen machen, die gerade wieder aus der Mode kamen.

»Können Sie ein Geheimnis bewahren?«, fragte sie, aber nur rhetorisch, denn sie sprach weiter, ohne mein Kopfnicken abzuwarten. »Ich rauche hier gelegentlich eine verstohlene Zigarette.« Sie holte Schachtel, Feuerzeug und Aschenbecher vom überdachten Holzstoß neben der Treppe, bot mir eine an, ich lehnte ab, dann nahm sie sich selbst eine und zündete sie an.

»Das ist eine fast ausgestorbene Geste«, sagte ich, »das Anbieten von Zigaretten gehörte früher mal zur Höflichkeit, heute ist es so was wie ein Mordversuch.«

»Ich gehe aber davon aus, dass Sie überleben werden«, sagte sie lächelnd und nahm einen genussvollen, tiefen Zug, »jedenfalls mittelfristig.«

»Ich auch. Trotzdem hab ich's aufgegeben«, sagte ich.

»Ich ja auch. Fast.«

»Verbergen Sie es hier vor sich selbst oder vor Ihren Lieben?«

»Beides«, sagte sie, »nur vor mir selbst klappt es nicht so richtig. Ich krieg's ja mit, wenn ich sündige.«

Sie zog wieder und schielte ein bisschen dabei.

»Beim Rauchen übers Rauchen reden ist aber

doof«, sagte sie, »haben Sie Lust, mal zum Essen zu kommen? Abends?«

»Gern. Wenn Sie mir sagen, was für einen Wein ich mitbringen darf. Ihrer ist übrigens großartig.«

»Keinen Wein. Nur sich selbst. Morgen Abend? Oder Freitag?«

»Wann Sie wollen. Ich richte mich nach Ihnen.«

»Dann Freitag. Morgen kommt was im Fernsehen, was ich sehen will.«

Sie hatte fertig geraucht und drückte die Zigarette im Aschenbecher aus. Dann legte sie alles wieder auf den Holzstapel unter die Dachpappe und verabschiedete sich mit einem kleinen Winken. »Schönen Abend«, wünschte sie mir. Ich nickte nur. Ihr Pferdeschwanz schwang hinter ihr her, als sie, nach einem Blick auf die Uhr, in Laufschritt verfiel.

~

Ich hatte den Fisch gebraten, weil ich hoffte, der Geruch könnte Isso anlocken. Vielleicht war sie ja in der Nähe und wartete nur auf den richtigen Moment, um ihren Groll zu begraben, aber ich aß alleine meinen Fenchel, den ich zuerst in Olivenöl angebraten und dann mit Essig, Pfeffer, Salz und einem Stäubchen von Gemüsebrühe angerichtet hatte, dann die Avocado, dann den Salat mit herrlichem Brot vom Bäcker. Der Fisch stand da und duftete vor sich hin. Vielleicht kann ich ihn morgen noch mal aufwärmen, dachte ich, falls sie dann wieder hier ist.

~

Den Abend verbrachte ich mit Fernsehen. Ich sah mir alles an, was mir unterkam, es war egal, was ich sah, Hauptsache bunt und bewegt, und Hauptsache, ich wurde irgendwann müde. Die ganze Zeit hoffte ich, das Tapsen von Issos Pfoten zu hören, aber da tapste nichts. Sie ließ mich mit meinem schlechten Gewissen allein.

Ins Bett legte ich mich dennoch bei geöffnetem Fenster und geöffneter Terrassentür, und ich legte mich so, dass mein Arm von mir wegragte. Sie konnte sich wie gestern dranschmiegen.

Ich wachte immer wieder auf, nur um immer wieder festzustellen, dass ich alleine war.

~

Morgens gegen sieben glaubte ich, ein Geräusch in der Küche gehört zu haben. Zum Aufstehen war es noch zu früh, aber einen Schluck Apfelsaft konnte ich trinken.

Ich hatte mich nicht getäuscht. Der Fisch war fast

vollständig vom Teller weggeputzt. Ich musste lächeln. So korrupt war sie dann doch. Schön.

Ich legte mich wieder hin und schlief weiter bis halb zehn.

~

Sie lag auf dem Sofa. Kreisrund. Ihr Bauch war halb nach oben gedreht, ein Pfötchen lag über ihrem Auge, unterm Kinn hatte sie einen hellgrauen Fleck. Falls sie kokett war, dann kannte sie sich aus, das war die optimale Pose, um einen wie mich zu rühren. Ich ging leise in die Küche, um mir Teewasser aufzusetzen.

Dann ließ ich mir ein Bad ein, schmierte zwei Marmeladenbrote und stellte Tee und Frühstück auf den Badewannenrand.

Zu Hause hatte ich nur eine Dusche – ich genoss es, zu baden, obwohl es verschwenderisch ist und von Frau Seelig vielleicht nicht gern gesehen wurde. Vielleicht war sie eine ökologisch sensible Weltbeschützerin oder einfach nur sparsam. Aber eigentlich glaubte ich das nicht. Sie hatte Humor. Den haben Weltbeschützer meiner Erfahrung nach eher selten. Und sie rauchte heimlich. Sie wollte es nicht, aber sie tat es. Zumindest war sie nicht perfekt. Ich ließ mich ins warme Wasser gleiten und nahm den ersten Schluck Tee.

Aus irgendeinem Grund beherrschte ich mich

und ließ mir meine Freude nicht anmerken, als ich Issos Pfotentapser hörte. Es klang halbwüchsig, wie ein Teenager, der eher latscht als geht, so betont lässig und uneilig, ich kannte diesen Sound.

»Morgen, Schönheit«, sagte ich, noch bevor ich sie sah, und sie antwortete: »Du trägst doch Lederschuhe, oder?«

»Ja und?«

Jetzt war sie auf den Badewannenrand gesprungen, zum unteren Ende balanciert, um sich dort auf dem breiteren Teil niederzulassen. Sie putzte sich.

»Und Gürtel aus Leder und so was alles.«

»Meinst du wegen Grasfresser?«

»Genau«, sagte sie, »du bist doch einer. Deine alberne Aktion gestern und dein moralischer Hochmut deuten darauf hin.«

»Du hast schon recht. Ich esse schon lange kein Fleisch mehr, aber deshalb bilde ich mir nicht ein, dass ich nichts mit dem Töten zu tun hätte. Nur weniger. Ohne Lederschuhe kann ich nicht. Ohne Fleisch kann ich.«

»Das Leben funktioniert aber so«, sagte sie, und es klang diesmal nicht herablassend, sie schien mir meine Antwort abzunehmen.

»Ich weiß«, sagte ich, »und ich weiß auch, dass du keine Wahl hast. Du bist ein Karnivore und kannst nicht anders. Ich bin aber ein Allesfresser und kann mich entscheiden.«

»Dann musst du mich aber nicht zu einem Lebewesen zweiter Klasse erklären.«

»Das tu ich nicht.«

»Du hast mir die Maus geklaut und mich beschimpft.«

»Das tut mir ja leid. Ich hätte es gern gleich wieder zurückgenommen.«

»Was tut dir leid, das mit der Maus oder das mit dem unsympathisch?«

»Das mit der Maus nicht, das würde ich wieder tun, das Zweite tut mir leid. Und es hat auch nur für den Augenblick gestimmt. Du bist mir nicht unsympathisch. Im Gegenteil, ich bin total begeistert von dir.«

»Wieso denn das jetzt?«

»Du sprichst, du bist wunderschön, du bist eine coole Katze, wie man sie sich nicht cooler erträumen kann, du bist zärtlich, wenn du dich in meinen Arm kringelst, du hast mir die Haare gewaschen, mir geht's gut, wenn du da bist.«

»Du bist verliebt.«

»Ja.«

»Das ist ja süß.«

Sie hatte einen Moment aufgehört, sich zu putzen, und sah mich forschend an. Jedenfalls hielt ich ihren Blick für forschend. Ich schaute zurück. Ich schaute einfach nur.

»Aber das Wesentliche sagst du nicht.« Sie putzte sich wieder weiter, als sei das die einzig richtige gesprächsbegleitende Maßnahme.

»Was wäre das?«

»Ich erinnere dich an die, die du noch immer so vermisst.«

Sie sah mich gnädigerweise nicht an. Ich hätte ihrem Blick jetzt nirgendwohin ausweichen können. Ich wusste ja, sie kannte diesen Knopf bei mir schon – sie hatte ihn nun schon zum dritten Mal gedrückt. Sie benahm sich wie eine Psychotante, die unbedingt meine verdrängten Traumata aufarbeiten will. Ich wollte das aber nicht. Ich habe nichts gegen das Verdrängen. Es hilft.

»Heul ruhig«, sagte sie, ohne mich anzusehen, »das ist okay.«

Ich trat sie nicht vom Badewannenrand, aber ich hätte gute Lust dazu gehabt. Stattdessen spürte ich tatsächlich, dass mir die Tränen das Gesicht herunterliefen, und es kam mir auf einmal ganz logisch vor. Heulen in der Badewanne war irgendwie passend. Man fügt dem lauwarmen Wasser ein paar heiße Tränen hinzu.

~

Als ich mich rasiert hatte, Zähne geputzt, mich angezogen und die Badewanne ausgespült, lag sie längst wieder auf dem Sofa, lang wie ein Baguette diesmal, und sie schlief wieder tief und fest.

Dachte ich, war aber nicht so, denn auf einmal hörte ich sie sagen: »Der Fisch war gut. Nur das Zeug außenrum nicht.«

»Soll ich den wieder kaufen? Und beim nächsten Mal das Zeug abkratzen?«

»Unbedingt«, sagte sie, »aber Thunfisch geht auch.«

»Heute Abend?«

»Feste Verabredung mit einer Katze. Das ist keine hochglänzende Idee. Eher speziell.«

»Dann sag halt mal provisorisch Ja«, schlug ich vor.

»Provisorisch ja«, sagte sie. Und gähnte. Und schlief weiter.

Ich schlich mittlerweile um den Laptop herum, den ich immerhin schon mal auf den Tisch gelegt hatte. Eigentlich wollte ich ihn nicht aufklappen. Einen Tag mehr konnte ich mir doch noch gestatten. Einen Tag mehr Frieden und Katze und Nachbarin mit geraden Augenbrauen, Spaziergang in der Sonne, herrliches Brot von einem echten Bäcker, Bienengesumm, Urlaubsgefühl, Kopf im Sand.

Wenn man schon weiß, dass nur schlechte Nachrichten auf einen warten, muss man sich doch nicht auch noch hetzen, um sie abzuholen. Den Verleger hatte ich abgeschrieben, von dem konnte nichts Gutes mehr kommen. Auf die Trostmails meiner Freunde konnte ich auch verzichten. Einen Artikel zu meiner Ehrenrettung würde keiner von ihnen schreiben, oder, falls doch, dann würde keine Zeitung ihn drucken. Ich war kein großer Name, an mir konnte man nichts exemplarisch debattieren, ich war nur eine kleine Meldung im Sommerloch, dummerweise über dpa verteilt und deshalb in jeder zweiten Tageszeitung abgedruckt – ein bisschen Tratsch, eine peinliche kleine Betrügerei, über die man am nächsten und übernächsten Abend auf irgendeiner Branchenparty den Kopf schütteln, die

Augenbrauen hochziehen und sagen konnte: »Dass der das nötig hat, der ist doch ganz gut im Geschäft?« Und dann wandte man sich wieder den wichtigeren Dingen zu, dem Büfett, der eigenen Herrlichkeit, den Urlaubsplänen. Vielleicht gab man noch zum Besten, der Verlag habe nicht mit genügender Sorgfalt ediert, und dann war gut, das Thema war durch. Und ich hatte meinen Stempel weg in der Branche. Den Rest der Welt interessierte es nicht, aber der Betrieb würde von jetzt an einen Namenszusatz für mich haben: Der-das-Buch-abgeschrieben-hat. Klang ein bisschen nach Indianer.

~

Ich war nur kurz in der Küche gewesen, um mir eine neue Tasse Tee zu holen, und als ich zurückkam, war Isso verschwunden. Mir wurde auch gleich klar, weshalb, denn ich hörte von draußen die Stimme von Frau Seelig: »Sind Sie da?«

»Ja«, rief ich und ging raus. »Kleine Raucheinlage?«

»Nein«, sagte sie und hob die Arme – sie hatte in jeder Hand eine kleine Plastiktüte. »Radieschen und Tomaten und eine halbmickrige Gurke.«

»Für mich?«

»Ja. Jetzt herrscht im Garten der reine Überfluss. Sie müssen mir helfen mit Aufessen.«

»Gern. Danke.« Ich stellte meine Teetasse auf den

Boden und nahm die Tüten entgegen. Die Tomaten rochen gut. Bei Radieschen und Gurke ist es egal, wie sie riechen, aber Tomaten verraten ihren Geschmack schon der Nase.

»Sie rauchen nicht, Sie trinken Tee, soll ich vielleicht morgen Abend was Vegetarisches kochen?«

»Das wäre sehr nett«, sagte ich, »Sie sind scharfsinnig.«

»Nein, das sind ja nur Klischees. Aber manchmal klappt's doch damit. Dass Sie Wein trinken, ist allerdings ein Ausreißer, das passt nicht so ganz perfekt.«

»Da bin ich ja beruhigt«, sagte ich, »wer will schon ohne Geheimnis sein.«

»Oh, das wollte ich damit nicht andeuten. Sie sind ein Mann mit Geheimnis. Sicher mit nicht nur einem.«

»Das könnte stimmen.«

Sie sah mich einen Moment lang mit einem prüfenden Blick an, dann lächelte sie. »Ich will Ihnen nicht auf die Nerven gehen.«

»Das tun Sie nicht. Ich hoffe, Sie haben bald wieder Lust auf eine verstohlene Zigarette.«

Sie lächelte breiter. Dann winkte sie und ging zurück zu ihrem Garten. Das nahm ich jedenfalls an.

~

Diese Frau hatte ein freundliches Wesen. Und sie war so unverdruckst und geradeaus, wie ich es nur ganz selten erlebt hatte. Und eigentlich nur bei älteren großbürgerlichen oder adligen Damen. Normale Menschen sind nicht so. Sie kontrollieren sich, ihr Äußeres, ihre Gebärden, sie sind kokett oder blasiert oder haben sich eine Art von Undurchdringlichkeit draufgeschafft, die sie unverletzlich machen soll, man begegnet normalerweise einem Bündel angelernter Gesten und Gesichtsausdrücke, einer künstlichen Kontur, einem Ebenbild von irgendwem. Menschen, die einfach sie selber sind, ohne daran groß herumgeschnitzt zu haben, sind selten. Frau Seelig war so. Katzen sind auch so. Souverän und authentisch. Ihr Charme gründet sich auf ihre Natürlichkeit. Ich sollte Isso und Carmen Seelig miteinander bekannt machen, dachte ich, die würden sich mögen. Aber Isso flitzte beim ersten Geräusch. Sie benahm sich, als wäre sie meine Affäre.

Ich war seltsamerweise froh über meine Tränen in der Badewanne, fühlte mich erleichtert und irgendwie aufgefrischt. Und ich war froh, dass nur Isso das gesehen hatte. Um eine Katze zu weinen ist für Menschen lächerlich oder gar empörend. Jedenfalls für die meisten. Sie halten es für eine Art Sünde oder Verfehlung, ein Tier so sehr zu lieben wie einen Menschen, als entzöge man gleichzeitig einem berechtigten Menschen diese Liebe, die man dann unrechtmäßig einem Tier zuteilwerden lässt. Dabei ist Liebe nichts, was mit irgendwelchen Rechten zu tun hat.

»Wo warst du denn?«, fragte ich, als Isso auf einmal an mir vorbeispazierte und ihren alten Platz auf dem Sofa wieder einnahm.

»Unsichtbar«, sagte sie.

»Oh, klar«, sagte ich, »hätte ich nicht besser ausdrücken können.«

»Verarschst du mich?«

»Ich versuch's.«

»Üb weiter.«

Schade, dass Katzen kein Mienenspiel haben, sie zeigen ihre Gefühle mit Gebärden und Körperhaltung. Ich war mir sicher, sie grinste, aber ich sah es nicht.

»Ist Schlagfertigkeit ein Katzensport?«, fragte ich. »Hast du das trainiert?«

»Ich rede doch nur in deinem Gehirn. Dort werden die Worte gebildet. Ich liege hier nur und bin schläfrig, du bist der Schlagfertige von uns beiden, der ganze Text ist in deinem Kopf unterwegs.«

»Und der schwirrt mir gerade.«

»Tut mir ja wahnsinnig leid.«

»Katzensport. Ganz klar.«

»Wenn du meinst.«

»Schlaf gut«, sagte ich, und sie streckte sich wohlig in die Baguetteform, während ich jetzt entschlossen den Laptop aufklappte. Allerdings nur, um einige Notizen für meinen Essay zu machen und dann das dumme Spiel mit den Kugeln zu spielen. Stundenlang.

Irgendwann hörte ich, wie sie Brekkies knabberte. Noch so ein Geräusch, das mich glücklich macht. Pfotentapsen, Schnurren, Brekkiesknuspern sind für mich Musik. Dabei fiel mir die siebte Symphonie ein. Ich legte sie auf. Und spielte weiter.

Immer wieder warf ich einen Blick zum Sofa. Sie lag noch da und schlief. So würde ich gern leben, dachte ich, hierbleiben und mich von Isso veräppeln lassen, wenn sie gerade wieder mal glaubte, ihr Humor brauche Auslauf. Schade, dass ich mir das nicht leisten konnte. Das hier war nicht mein Leben. Es war nur ein Urlaub. Den ich mir eigentlich auch nicht leisten konnte.

~

Meine Freunde und mich eint eines: Wir haben die besseren Zeiten schon hinter uns. Wir sind aus dem Alter für Förderpreise und Stipendien herausgewachsen, müssten eigentlich alle eine Lehrerin zur Frau haben, die uns mitschleppt, sind aber geschieden oder verwitwet und murksen uns so durch auf niedrigstem Niveau. Wolf übersetzt Krimis aus dem Amerikanischen am Fließband wie ich, Simon verbraucht ein kleines Erbe, dessen Neige langsam sichtbar wird, Manuel arbeitet als Buchhändler, und Harpo, der eigentlich Winfried heißt, tingelt als Musiker mit verschiedenen Besetzungen durch die Clubs von Berlin, spielt Akkordeon, Mandoline und Ukulele und den Schrulligen vom Dienst mit Vollbart und Hippiemähne.

In den letzten Jahren war ich mit meinen Biografien und Ghostwriter-Aufträgen noch am besten dran gewesen, meine kleine Charlottenburger Wohnung war nicht teuer, es reichte für Krankenversicherung, Lebensversicherung und Flatrate, aber jetzt konnte das ein Ende haben. Wenn ich als Autor verbrannt war, blieben mir nur die schlecht bezahlten Übersetzungen. Und vielleicht der eine oder andere Ghostwriterjob. Wenn überhaupt.

~

Isso war auf einmal wieder verschwunden. Und gleich ertönte auch Frau Seeligs Stimme von der Terrasse: »Hallo? Stör ich?«

»Nein«, rief ich und klappte den Laptop zu, damit sie nicht sehen konnte, womit ich meine Zeit verplemperte.

»Ihr Verleger verklagt Sie auf Schadenersatz.«

»Was?«

»Hab ich gerade im Internet gelesen.«

Ich starrte sie nur an. Keine Ahnung, was ich in diesem Moment fühlte. Am ehesten war es eine große Leere. Nichts. Und dann ein Lachreiz. Ich spürte, dass ich den Kopf schüttelte. Frau Seelig ging zum Holzstapel und holte ihre Zigaretten.

»Katastrophe?«, fragte sie.

»Allerdings«, sagte ich. »Den muss ich wohl leider umbringen.«

»Ist verboten«, sagte sie, ohne zu lächeln. Sicher ahnte sie, dass ich ruiniert sein würde, wenn der damit durchkam.

»Mein Mann ist Jurist, vielleicht kann der Ihnen was raten. Kommen Sie doch heute Abend zum Essen.«

»Und Ihr Fernsehen?«

»Egal«, sagte sie, »storniert.«

»Danke«, sagte ich. Was anderes fiel mir nicht ein. Mir fiel gar nichts mehr ein. Außer dass ich das Arschloch umbringen sollte. Ein Auto mieten und dreimal drüberfahren. Und wenn das Auto zu klein war, vielleicht noch ein viertes Mal. Zur Sicherheit. Jetzt hätte ich einen Grund zum Heulen gehabt. Einen verständlicheren als meine vor Jahren verstorbene Katze Minnie. Frau Seelig drückte ihre Zigarette aus und ging wieder. »Gegen sieben«, sagte sie noch über die niedrige Hecke hinweg, die den Garten zum Weinberg hin begrenzt. Erst jetzt fiel mir auf, dass sie diesmal nicht ihre Gartenklamotten trug, sondern ein Kostüm.

~

Hatte ich bislang nicht ins Internet und aufs Handydisplay schauen *wollen*, jetzt *konnte* ich nicht mehr. Vielleicht war das schon eine psychische Störung,

vielleicht aber auch nur ein natürlicher Schutz-
reflex. Ich hielt den USB-Stick in der Hand, aber es
war mir unmöglich, ihn einzustecken, die Software
zu starten und den Browser anzuklicken. Ich wusste,
dass ich es gar nicht erst zu versuchen brauchte, es
ging nicht.

Ich war woanders, nicht im ruppigen, dreckigen
Berlin mit seinen mürrischen Bewohnern, ich war
ein anderer, nicht mehr der genauso mürrische Mit-
bürger dieser Leute, ich hatte nichts mehr zu tun mit
dem Alltag, der hinter mir lag: schreiben, Tüten-
suppe, schreiben, Recherche, Diener, Bratkartoffeln
mit Spiegelei, billiger Wein, quasseln, klagen über
die schlechten Zeiten, husten wegen der Raucher,
die Nase rümpfen über erfolgreichere Kollegen, Verleger, Juroren, Kritiker und den allgemeinen Kultur-
verfall, der sich zuallererst darin manifestierte, dass
wir nicht mehr gefragt waren. Ich fühlte mich ausgestiegen.

Dass mein Verleger mich nicht nur alleinließ,
sondern auch noch reinreißen wollte, war wie ein
Tornado, der anderswo die Häuser durch die Luft
und aufeinander schleuderte – ich wusste, dass es
geschah, aber ich war nicht im Geschehen ent-
halten. Ein Psychologe hätte das vielleicht als Ab-
spaltung diagnostiziert. Es würde den Rest meines
Lebens auch noch zerstören, aber es war mir egal.
Oder nein, nicht egal, es geschah mir, aber es geschah mir nicht hier. Ich hätte dorthin reisen müssen, um vom Tornado in die Luft gerissen zu werden. Ich durfte nur nicht in die E-Mails schauen

oder das Handy anschalten. Ich sollte es am besten im Klo runterspülen. Und den USB-Stick gleich hinterher.

Zuerst dachte ich, Isso hätte wieder eine Maus, als ich das Rumpeln und Krachen und Galoppieren hörte, aber es war mein Kuli, den sie vom Tisch geschubst haben musste und mit dem sie jetzt fröhlich Fußball spielte. Sie lauerte ihm auf, ging dann auf ihn los und kickte ihn durchs Zimmer, um ihm hinterherzuflitzen, ihn in die Luft zu schleudern, wegzuhauen und ihm wieder hinterherzuschießen, wie ein gefleckter Pfeil. Ich musste lachen.

»Du lachst mich aber nicht aus«, sagte sie, ohne ihr wildes Tun zu unterbrechen.

»Nein, ich lach dich an.«

»Will ich dir auch geraten haben.«

»Du bist ein Hooligan«, sagte ich.

»Umso falscher wär's, mich zu verärgern«, sagte sie, und zack war der Kuli unterm Sofa verschwunden und ihr Interesse daran schlagartig erloschen. Sie streckte sich, machte einen Buckel, kratzte zwei-, dreimal am Teppich, trabte aus dem Zimmer und verschwand um die Ecke.

Zum ersten Mal fiel mir auf, wie wohnlich dieses Haus eingerichtet war. Es wirkte lebendig und beatmet, auf dem Boden lag nicht der Teppich, den man eigentlich hatte wegschmeißen wollen, an den Wänden hingen zwei Aquarelle und ein Ölbild, Landschaften, die jemand mit Liebe und Geschmack ausgesucht hatte, in der Küche ein gerahmtes Jugendstilplakat und, in kleinen Drahtkörben, ausschließlich gebrauchsfähige Utensilien, Olivenöl, Weinessig, eine Pfeffermühle, gute Gewürze in hübschen Gläsern, eine Patchworkdecke, die zum Bettüberwurf passte, schmückte die Schlafzimmerwand – ich war kein Mieter, ich war Gast. Das musste der Geist von Carmen Seelig sein, der hier waltete. Alle Dinge sympathisch. Sogar die Kuckucksuhr im Flur. Die zum Glück nicht aufgezogen war. Oder der Kuckuck hatte seine Stimme verloren. Aufs Zifferblatt hatte ich noch nicht geschaut – ich hatte überhaupt nicht hingeschaut, sie nur aus dem Augenwinkel registriert, weil ich Kuckucksuhren fast noch deprimierender als Konfetti oder Clowns finde. Diese nicht. Solange sie die Klappe hielt.

Wenn ich schon keinen Wein mitbringen sollte, dann würde ich wenigstens ein paar Blumen holen. Obwohl das für eine Gartenbesitzerin vermutlich ein überflüssiges Geschenk war. Egal, irgendwas wollte ich in der Hand halten, wenn ich dort klingelte.

~

Auf dem Weg zum Dorf, das eigentlich eine Stadt ist, aber so klein, dass ich es nicht schaffte, sie so zu nennen, ging mir eine der Melodien von Villa-Lobos durch den Kopf, und ich staunte über meine eigene Gelassenheit. Mein Leben ging gerade in

Trümmer, aber ich war fröhlich, als ginge mich das alles nichts an. Das, was in Trümmer ging, war in Berlin, das was mich anging, war hier: eine außerordentlich charmante Katze, auch wenn sie mich gelegentlich für dumm verkaufen wollte, ein charmantes Haus, in dem ich gern den Rest meiner Tage hätte verbringen wollen, eine charmante Vermieterin und ein Städtchen mit Fachwerk und Geranien, in dem ich alles bekam, was meinen und Issos Gaumen erfreute.

Ich fand hübsche Blumen, lachsrote Freesien und blassgelbe Gerbera, die ich mir leisten konnte, besorgte noch *Schlemmerfilet* in der Packung, Thunfisch in der Dose und eine bezahlbare Flasche Wein, die mir zwei oder gar drei Abende reichen konnte, und machte mich auf den Rückweg zum Haus.

Dort sah ich schon von Weitem, dass Isso sich auf dem kleinen Weg zur Tür hin und her rollte. Es wirkte sehr vergnügt. Ein Idyll.

»Das musst du alles wieder aus deinem schönen Fell putzen«, sagte ich, als ich nahe genug war.

Sie schaute mich überrascht an, offenbar hatte sie mich nicht kommen gehört. »Sei nicht so ermahnlich«, sagte sie, »das *klingt* nur nach Fürsorglichkeit, *ist* aber Gemecker.«

»Ermahnlich? Was ist denn das für ein Wort.«

»Die Worte entstehen bei *dir* im Kopf. Ich hafte nicht für Unfälle.«

»Aber ich kenne dieses Wort nicht mal, es kann nicht in meinem Kopf entstanden sein.«

»Ist es aber.«

»So was traust du meiner Phantasie zu?«

»Klar.«

»Bilde ich mir dann etwa deiner Ansicht nach nur ein, dass du mit mir sprichst?«

»Das ist eine Definitionsfrage«, sagte sie und hörte auf, sich hin und her zu wälzen. »Wenn du mich wirklich hörst, dann arbeitet dein Gehirn, ohne Gehirn würdest du mich nicht hören, wenn du nur denkst, du würdest mich hören, dann arbeitet es ebenso. Falls es einen Unterschied gäbe, dann nur in deinem Ohr. Mechanisch. Die Membran bewegt sich. Dein Trommelfell. Bei unserer speziellen Art der Unterhaltung ist aber dein Ohr nicht beteiligt – ich rede mit dir direkt in deinen Kopf rein, also gibt es keinen Unterschied zwischen Einbildung und Ereignis.«

»Du kannst meinen Artikel schreiben«, sagte ich, »vielleicht zeig ich dir einfach die Tasten auf dem Computer.«

Jetzt lächelte sie. Ich wusste es einfach. Auch wenn ihr Gesicht aussah wie immer, als sie sagte: »Ich kann dir ja diktieren.«

Ich sah sie nur an. Sie hatte wieder mal das letzte Wort.

»Wir Katzen sind Musen, das weißt du doch«, sagte sie.

~

»Das ist Johannes.« Frau Seelig nahm mir den Blumenstrauß ab, während ich das Papier zerknüllte, und deutete auf einen Mann, der mit ausgestreckter Hand und einem Lächeln im Gesicht aus dem Wohnzimmer auf mich zukam.

»Hallo«, sagte er, »freu mich«, und forderte mit einer Handbewegung das zerknüllte Papier von mir. Ich gab es ihm, und er warf es aus dem Flur in die Küche – ich konnte die Flugbahn nicht bis zum Ende einsehen, aber seinem Gesicht nach zu urteilen war die Aktion nicht zufriedenstellend ausgefallen. Carmens hochgezogenen Augenbrauen nach auch nicht. Er ging dem Fehlwurf hinterher und korrigierte, ich sah, dass er sich bückte und hörte ein Rascheln. »Versuchen muss man's«, sagte er mit einem Schulterzucken.

»Wenn man sich vor Publikum blamieren will«, sagte seine Frau.

»Falls es lässliche Blamagen gibt«, mischte ich mich ein, »dann gehört ein Papierknäuelfehlwurf dazu.«

»Gibt es aber nicht«, sagte Frau Seelig, »nur lässliche Sünden.«

»Das war aber definitiv keine«, sagte ich, und er bedankte sich bei mir für die Unterstützung.

Inzwischen waren wir im Wohnzimmer, und ich wurde mit einer Geste eingeladen, mich aufs Sofa zu setzen.

»Wenn das jetzt hier auf eine Zwei-Männer-gegen-eine-Frau-Veranstaltung rausläuft«, drohte Frau Seelig, »dann seh ich schwarz für meine gute Laune.«

»Ich wechsle die Seiten«, versprach ich.

»Gut.« Sie lächelte mich an.

»Feigling«, murmelte er und lächelte mich ebenfalls an.

»Ich stell mal die Blumen ins Wasser.« Sie ging in die Küche.

»Und ich hol uns was zu trinken, Rotwein?«

»Gern.«

Er ging ebenfalls in die Küche, und ich war allein und konnte mir in Ruhe den Raum ansehen. Rötliche Holztöne, blau-anthrazit und blassrot die Stoffe, ein Flügel, ein Fernseher, ein Regal mit CDs und Büchern und überall verteilt, auf den Fensterbrettern, dem Flügel, dem Regal und einem Sideboard Katzenfiguren in allen Materialien, Macharten, Größen und Stilen. Porzellan, Holz, Bronze, Plastik, Plüsch, Jade, Speckstein, die meisten waren kitschig, manche zumindest süßlich, aber einige auch sehr schön. Die Replik einer ägyptischen Skulptur stand da, ein Pärchen aus Jade und vier mit Streifen, Tupfen und Flecken bemalte aus Holz, die auf einer Bank saßen und Angeln in den Pfoten hielten und ein bisschen debil dreinschauten.

Johannes war zurück mit einer Flasche, einem Korkenzieher und drei Gläsern in den Händen.

»Falls Sie Geschmack haben, dann sind die Viecher eine Herausforderung«, sagte er.

»Kennen Sie jemanden ohne Geschmack, der das zugeben würde?

»Sie weichen aus.« Er grinste breit und klappte

den Korkenzieher auf. Die Gläser hatte er inzwischen abgestellt.

»Stimmt«, sagte ich und grinste auch.

Er deutete auf die vier mit den Angeln auf der Bank. »Die heißen übrigens Günther.«

»Alle vier?«

»Alle vier, ja.«

»Hallo Günther«, sagte ich, und er ritzte die Kapsel auf, pulte sie ab, legte sie auf den Flügel und bohrte den Korkenzieher vorsichtig in den Korken.

»Ich finde Katzen toll, habe aber leider eine Allergie. Carmen bringt mir einfach jede Katze mit, die sie irgendwo sieht, und weil es Liebesgeschenke sind, ist es völlig egal, ob sie schön sind oder hässlich, Kitsch oder Kunst, es reicht, wenn sie erkennbar als Katze gemeint waren.«

»Er wollte schon als Kind eine haben und durfte nicht. Sie müssten seinen Blick sehen, wenn eine Katze seinen Weg kreuzt. Das bricht einem das Herz.« Carmen war zurück mit den Blumen in einer Vase, die sie jetzt auf den Flügel stellte.

Ich wusste nicht wieso, aber ich erwähnte meinen Katzenbesuch nicht. Ich dachte nicht darüber nach, ich ließ es einfach sein. Isso war mein Geheimnis.

»Ich bin eine Katze«, sagte Carmen jetzt, »eine Art Ersatz. Ich bin so launisch und egozentrisch wie möglich, damit er wenigstens ein bisschen was Katziges um sich hat.«

»Eine Werkatze«, sagte er, »immer bei Vollmond.«

Sie gab ihm eine kleine angedeutete Ohrfeige.

Dabei krümmte sie ihre Hand, als wäre es eine Pfote und sagte: »Auch tagsüber. Das kriegst du nur nicht mit, weil du weg bist.«

»Insofern passen wir gut zusammen«, sagte er.

»Insofern?«

»Wir passen gut zusammen.«

Sie nickte zufrieden und zupfte ein bisschen an den Blumen herum.

Inzwischen hatte er die Gläser gefüllt und reichte ihr eines, mir das nächste, dann erhob er seins und sagte: »Auf unsere temporäre Nachbarschaft.«

~

Es war so leicht mit diesen beiden, ich brauchte nicht darüber nachzudenken, was ich sagen sollte, das Gespräch lief hierhin, dorthin, kleine Pausen waren nicht peinlich, und ich kam mir nicht überflüssig vor, obwohl sie ganz eindeutig ein Liebespaar waren und mich zu ihrem Glück nicht brauchten. Sie spielten mir das auch nicht vor wie manche Paare, die ihre Verliebtheit wie ein Theaterstück aufführen und sich so lange im neidischen Auge der Betrachter spiegeln, bis sie selbst daran glauben – ich hätte es am Ton erkannt, ob ich als Publikum vorgesehen war, dem man eine gute Ehe zum Besten gibt, ich habe ein Ohr für falsche Töne, für die Anstrengung, die es braucht, etwas anderes zu sagen, als man denkt.

Ich erfuhr, dass sie zwei Töchter haben, sieben und elf Jahre alt, die zurzeit mit den Großeltern in Schweden waren, dass Carmen als Physiotherapeutin und Johannes in einer großen, auf Insolvenzrecht und Treuhandvermögen spezialisierten Kanzlei arbeitet, dass es in der Nähe einen kleinen Waldsee gab, den Johannes als Teich bezeichnete, während Carmen auf dem Wort See bestand, weil Teich in ihren Ohren nach Frosch klinge, sie beschrieben mir dessen Lage, damit ich ihn mir ansähe, dann eröffnete mir Johannes, er habe vor Jahren ein Buch von mir gelesen, die Biografie von W. C. Fields, und schließlich erklärte Carmen auf meine Frage nach dem Flügel, dass sie darauf spiele, aber nur wenn Johannes weg sei, weil ihr, wie sie sagte, nichts mehr fehlerfrei gelinge.

»So viel zum Thema Blamieren vor Publikum«, sagte ich.

»Erwischt«, sagte sie.

»Ich habe Hunger«, sagte er.

»Dann los. Wir essen in der Küche.« Sie trank die Neige aus ihrem Glas und stand auf.

~

Es gab Bruschette als Vorspeise, ohne Knoblauch, dafür mit zarten Frühlingszwiebeln. Es schmeckte wunderbar. Das Brot war so behutsam getoastet, dass es sich noch schneiden ließ, ohne zu zerbröseln und man keinen Lärm beim Essen machte, das Öl war phantastisch, ich beherrschte mich, den Rest nicht vom Teller zu lecken.

Danach Ricotta-Ravioli mit sehr fein geschnittenem Lauch, der in Weißwein gedünstet und mit glatter Petersilie, Crème fraîche und grünem Pfeffer angerichtet war.

»Das ist phantastisch«, sagte ich.

»Beilagen«, sagte Carmen.

»Ist das ein Opfer für Sie? Das tut mir leid.«

»Nein, ist es nicht. Aber ich bin ein Karnivore und musste kurz umdenken.«

»Hat sich aber gelohnt«, sagte Johannes, »eindeutig. Falls du hin und wieder Lust hast umzudenken, ich mach mit.«

Und dann ging er unvermittelt zu meinem Problem über. Ob ich inzwischen wisse, was für einen Schaden der Verleger geltend machen wolle, und Carmen antwortete für mich, sie habe im Internet bei perlentaucher.de gelesen, es gehe um Taschenbuchrechte, die zurückgezogen worden seien. Ein Vorschuss von dreißigtausend Euro sei hinfällig, auf vierzig Prozent dieser Summe, also zwölftausend, verklage er mich.

»Das ist unfassbar«, sagte ich, »so viel Vorschuss hat der niemals gekriegt. Ausgeschlossen.«

»Dann hat er den Vertrag zum Schein gemacht. Mit einem Kumpel aus dem Taschenbuchverlag.« Johannes hatte einen Block geholt und machte sich Notizen.

»Gibt es Ihre Fassung mit den Fußnoten noch irgendwo im Computer?«, fragte er, und ich erklärte ihm, ich hätte leider die Änderungen selbst gemacht, als der Verleger mich dazu überredet hatte. »Jetzt wird mir auch klar, wieso«, sagte ich, »er wollte einfach Geld sparen. Wenn die Zitate kenntlich gewesen wären, hätte er den amerikanischen Verlag eventuell um die Rechte bitten und ein bisschen was dafür hinlegen müssen, so war's billiger.«

»Den Scheinvertrag können Sie auch nicht anfechten«, sagte Johannes, »wenn das auf einem Zettel steht, dann glaubt der Richter das.«

»Das kostet mich ein Drittel meiner Lebensversicherung«, sagte ich. Merkwürdigerweise war mir das egal. Fast hatte es sogar etwas von einer Befreiung. Ich würde die Versicherung plündern und als potenzieller Sozialfall weitermachen. Na und?

Johannes erklärte mir, dass er sich nicht gut genug auskenne im Urheberrecht, um mir mehr und bessere Hilfe anbieten zu können, und fragte, ob ich eine Rechtsschutzversicherung hätte.

»Zu teuer«, sagte ich.

»Spätestens jetzt hätte sich das bezahlt gemacht.«

Es gelang mir, das Thema zu wechseln, ich hatte einfach keine Lust, über meinen Schlamassel nachzudenken, ich fragte sie nach ihren Kindern und erfuhr, dass die Mädchen sich sechs Tage in der Woche stritten und am siebten wie Zwillinge aufführten, dass man üblicherweise ein Mamakind und ein Papakind möglichst weit entfernt voneinander beschäftigen musste, und es jetzt, da die beiden weg seien, endlich Zeit für ein Paarleben gäbe. Sie lächelten sich an, als sie das erzählten.

~

Johannes bestand darauf, mich nach Hause zu begleiten. »Wer weiß, was alles passieren kann auf den hundert Metern da rüber«, sagte er.

»Mutierte Weinbergschnecken greifen an«, sagte Carmen.

»Oder Werkatzen«, bot ich an.

»Vollmond ist erst übermorgen.« Sie gab mir die Hand. »Gute Nacht.«

Am Vogelhäuschen wurde mir klar, wieso er mich unbedingt begleiten wollte. Er griff mit geübter Bewegung hinein und holte eine Schachtel Zigaretten, eine Packung Fisherman's Friends und ein Feuerzeug heraus, steckte sich eine an und zog genüsslich. Mein Lächeln sah er nicht.

»Einmal am Tag brauch ich's«, sagte er, »aber Carmen würde mir den Kopf abreißen, wenn sie's wüsste.«

»Es vertreibt die gefährlichen Weinbergschnecken«, sagte ich.

»Genau.«

Er gab mir die Hand, als wir beim Gartentor des Bungalows angekommen waren. »Viel Glück«, sagte er, zog am letzten Rest seiner Zigarette und warf die Kippe in den Weinberg. »Schlafen Sie gut.« Ich hörte das Rascheln der Fisherman's-Friends-Packung, als er sich auf den Rückweg machte.

Im Sessel lag Isso. Ein Katzenguglhupf. Sogar den Schwanz hatte sie so um sich gewickelt, dass nichts die perfekte Kreisform störte. Ihre Körperhaltung sagte, ich schlafe ganz tief, aber ihr Auge sagte was anderes. Es war offen und schaute mich an.

»Hallo Schönheit.«

Keine Antwort.

»Ich seh aber, dass du wach bist.«

Keine Antwort.

»Eigentlich würde ich jetzt auch gern noch ein bisschen im Sessel sitzen und die schöne Nacht genießen.«

»Das geht schlecht.«

»Aber wenn du woanders schlafen könntest, ginge es schon.«

»Ist jetzt aber mein Sessel. Und ich schlafe. Du wirst mich doch nicht stören wollen.«

»Dein Sessel?«

»Isso. Nix zu machen.«

»Aha. Und kann ich vielleicht sonst noch was für dich tun?«

»Mich kraulen. Aber ganz vorsichtig. Zwischen den Schultern, bitte.«

Ich gehorchte.

In einiger Entfernung hörte ich den Ruf eines Käuzchens. Ich saß auf dem Schemel und fuhr mit meinem Zeigefinger über Issos Nacken und zwischen ihre Schulterblätter und zurück. Und hin. Und zurück. Sie schnurrte und rekelte sich in meine

Fingermassage hinein, ihre Pfoten bewegten sich, die Krallen glitten heraus und bohrten sich in die Luft. Oder in den imaginären Bauch ihrer Mutter beim imaginären Trinken imaginärer Milch.

Die immer noch warme Sommernacht roch so gut und klang so verwunschen mit Issos Schnurren und den gelegentlichen Rufen des Käuzchens, dass ich am liebsten hier draußen geschlafen hätte, aber es war zu unbequem. Im Sitzen auf dem Schemel ging das einfach nicht.

Ich holte meinen Laptop heraus und spielte das Kugelspiel, so lange bis der Akku schlappmachte. Den Ton hatte ich aus Rücksicht auf Issos Schlummer abgeschaltet – das ständige leise Klicken der Maustaste war schon störend genug. Es passte gerade noch zum Käuzchen und den kleinen Schlafgeräuschen, die ich jetzt zum ersten Mal bei Isso hörte. Es war eine Mischung aus Glucksen und Wimmern. Es rührte mich. Ich fühlte mich als Beschützer ihres Schlafs.

~

Ich wachte auf, weil Issos raue Zunge wieder durch meine Haare ging wie vor ein paar Tagen auf dem Holzstapel. Es kitzelte und zupfte, war nicht wirklich angenehm, aber es war so freundlich, dass mich nicht kümmerte, ob angenehm oder nicht, sie putzte mich.

»Hast du Hunger?«, fragte ich, um nicht allzu verliebt zu wirken.

»Immer«, sagte sie und streckte sich. Dann hüpfte sie vom Bett und war verschwunden.

Als ich mich aufraffte, um ihr Brekkies in den Teller zu schütten und mir Teewasser aufzusetzen, schoss sie unter dem Bett hervor und schlug ihre Krallen in mein Bein.

»Aua«, schrie ich, »das tut doch weh!«

Sie sagte nichts, lauerte nur sprungbereit und schnellte in die Luft, sobald ich richtig stand – es sah witzig aus, wie sie alle viere von sich schmiss, um mir die Krallen in Oberschenkel und Knie zu versenken. Es fühlte sich aber nicht witzig an. Ich musste trotzdem lachen.

»Du spinnst ja total«, schrie ich, »bist du über Nacht mutiert, oder was?«

Sie war längst wieder von mir abgefallen und putzte sich.

»Das ist Morgengymnastik«, sagte sie gelassen, »tut dir gut.«

»Quatsch. Es tut mir weh.«

»Dagegen kannst du nichts haben.«

»Wieso denn das?«

»Wer Katzen mag, will sich unterordnen. Ein bisschen Schmerz ist willkommen für Masochisten.«

»Für mich aber nicht. Ich will mich nicht unterordnen. Das ist Unsinn.«

»Wenn du die Ansagen machen wolltest, dann hättest du einen Hund.«

»Ich hab doch nicht mal eine Katze. Du bist doch nur zu Besuch.«

»Erbsenzähler«, sagte sie, »Korinthenkacker, Dipfelesschisser.«

»Was du für Wörter kennst.«

»Sind alle in *deinem* Kopf. Das hatten wir doch schon.«

Sie war mir mit erhobenem Schwanz in die Küche vorausgeschlendert und saß nun vor dem blitzblankleeren Schüsselchen, das gestern Abend noch voller Brekkies gewesen war. Ich ließ reichlich Nahrung hineinrieseln.

Während sie aß, stellte ich Wasser auf, streckte mich und gähnte, das reichte mir als Frühsport, und ich betrachtete die blutigen Kratzer an meinem Bein.

»Du bist ein Monster«, sagte ich.

»Das war *gespielt*«, sagte sie, ohne das Essen zu unterbrechen, »was glaubst du, wie du aussehen würdest, wenn ich's ernst gemeint hätte.«

Ich ließ mir wieder ein Bad ein und frühstückte wie am Tag zuvor frugal, aber genüsslich im warmen Wasser. Und ich war bester Laune.

Seltsamerweise war es mir egal, wenn das Arschloch von Verleger mir zwölftausend Euro abknöpfte, oder nein, es war mir nicht egal, auf irgendeine mir unverständliche perverse Art war es mir sogar recht. Er machte mein Leben kaputt, und ich war es zufrieden. Sollte er. Und sollte er glücklich werden mit dem zusammengelogenen Geld. So glücklich wie man nur werden kann, wenn man Menschen betrügt, die sich auf einen verlassen. Für so jemanden musste man sich eigentlich auch einen Gott wünschen. Damit er ihn ins Fegefeuer schleudert.

Ich würde auch heute den USB-Stick in der Tasche lassen und mein Handy nicht anschalten. Ich wollte entweder lesen oder versuchen, meinen Artikel aufs Gleis zu setzen. Vielleicht würde ich später den kleinen Waldsee suchen, den mir Johannes und Carmen so ans Herz gelegt hatten. Vielleicht begleitete mich Isso. Das wäre nett. Spaziergang mit Katze.

Ich hatte vorsorglich den Klodeckel geschlossen. Jetzt hörte ich ihre Tapser und war gespannt, wohin sie fliegen würde. Auf den Badewannenrand oder aufs Klo. Vielleicht wurde das unser Morgenritual? Ich liege in der Badewanne, und sie leistet mir Gesellschaft? Sie flog aufs Klo.

Sie putzte sich die Ohren und Augen, leckte ihre Pfote, dann wischte sie damit übers Gesicht, dann leckte sie wieder, dann wischte sie wieder.

»Gibt es eigentlich jemanden, der dich jetzt gerade vermissen könnte?«, fragte ich.

»Ja«, sagte sie, »aber ich hab's im Griff.«

»Ich bin froh, dass du bei mir bist. Aber ich habe ein leicht schlechtes Gewissen, wenn ich mir vorstelle, dass jemand sich Sorgen macht, wo du bleibst.«

»Wenn du das schlechte Gewissen nicht haben willst, dann frag nicht.«

»Ist das wirklich so einfach?«

»Klar.«

Jetzt kam sie mir wieder ein bisschen überheblich vor. So wie vor ein paar Tagen auf dem Holzstoß. Aber ich sagte nichts, denn ich wollte ja, dass sie hier war. Sie tat mir gut wie mir schon lang niemand mehr gutgetan hatte. Ich fühlte mich hier so losgelassen, so erleichtert, als wäre alle Lebensangst von mir abgefallen. Ich wusste, dass man sich manchmal im Urlaub so fühlt und glaubt, das wirkliche Leben gefunden zu haben, aber der Urlaub ist nur eine Pause – das wirkliche Leben wartet.

»Hast du schon mal was davon gehört, dass wir Katzen neun Leben haben?«

»Ja. Wieso?«

»Davon sind immer drei gleichzeitig.«

»Wie bitte?

»Drei Leben auf einmal.«

»Du lebst jetzt gerade drei Leben?«

»Jetzt gerade nur eins. Das mit dir. Aber in meiner jetzigen Inkarnation lebe ich drei Leben parallel.«

»Du bist drei Katzen? Und ich rede gerade mit einer davon? Einem Drittel der Gesamtkatze?«

»Es ist nicht ganz einfach zu erklären. Vielleicht packt dein Menschenkopf das ja gar nicht. Aber wenn du zuhörst und keine ironischen Fragen stellst, kann ich's mal versuchen, okay?«

»Okay.«

»Es ist so: Dass manche Menschen von uns Katzen fasziniert sind, kommt daher, dass ihr tief drinnen auf uns neidisch seid. Irgendwo in euren Eingeweiden, euren Gehirnwindungen oder eurer DNS liegt die Information verborgen, dass wir die einzigen Wesen sind, die wiedergeboren werden und in manchen Fällen Erfahrungen mit sich herumtragen, die aus mehr als nur einem Leben stammen. Deshalb halten uns manche Menschen für Götter und andere für Teufel. Erinnerst du dich, dass ich sagte, wir sind was Besonderes?«

»Allerdings. Ja.«

»Und die Menschen, die das wissen, auch?«

»Ja.«

»Weil ihr eine Ahnung habt von unserer speziellen Existenzform.«

Ich war mir sicher, sie verarschte mich wieder mal, aber ich sagte nichts. Wenn ihr das Spaß machte, sollte sie sich amüsieren.

»Da brauchst du aber ein hocheffizientes Zeitmanagement«, sagte ich, »wenn du drei Leben gleichzeitig führen musst, das stell ich mir stressig vor.«

»Das klingt nach der Sorte ironischer Fragen, auf die du doch verzichten wolltest.«

»Ja. Entschuldige.«

»Die Zeit spielt hierbei jedenfalls keine Rolle. Gleichzeitig heißt gleichzeitig. Drei ganze Leben zur gleichen Zeit. Nicht abwechselnd. Das kann man sich als Mensch nicht vorstellen. Zeit ist eine Menschenkategorie. Sie wird nur notwendig und taucht nur auf, wenn man ein Gehirn hat, das Erinnerung und Prognose verarbeitet. Dass alles einen Anfang und ein Ende hat, ist klar, dass daraus unser Erleben von Zeit resultiert, ist auch klar, aber die Zeit wird erst relevant, wenn man ein Bewusstsein für sie hat. Und das habt nur ihr. Nur die Menschen begreifen die Zeit. Wir Katzen haben damit nicht die Probleme, die ihr damit habt.«

»Kannst du das bitte ein bisschen genauer erklären?«

»Leider nein. Ich finde in deinem Menschengehirn kein adäquates Instrumentarium. Du müsstest es einfach glauben. Nachvollziehen ist leider nicht drin.«

»Mit dem Glauben habe ich aber ein Problem.«

»Weiß ich.«

Wir schwiegen eine Weile. Sie saß da wie eine Skulptur. Als wäre sie sich ihrer Schönheit bewusst und gestatte mir einen ausgiebigen Blick darauf.

»Ich muss los«, sagte sie und donnerte vom Klo mit vierfachem Gewicht, sodass man den Aufprall sogar auf dem harten Steinboden hörte. Das konnte ihren Gelenken nicht guttun.

Sie ließ mich mit einem seltsamen Gefühl zurück. Ich war sicher, dass sie mich veräppelte, aber ich war zugleich traurig und angerührt und wusste überhaupt nicht, weshalb. Was konnte an diesem Science-Fiction-Geschwafel traurig sein? Vielleicht war ich auch nur schlapp vom etwas zu heißen Badewasser.

~

Aus dem Spaziergang würde erst mal nichts werden. Es regnete. Ich schleppte den Sessel nach drinnen, er hatte noch nichts abbekommen, weil er unter der Markise stand, aber ihn draußen zu lassen war mir, falls der Wind drehen würde, zu riskant. Ich zog auch den Tisch und die Gartenstühle zur Hauswand und unter die Markise.

Eine Zeit lang stand ich in der Terrassentür und sah mir die Sintflut an. Es war anders als zu Hause. Es war schön. Regen in der Stadt auf Stein und Asphalt ist deprimierend, Regen auf Grün, Büsche, Bäume, Weinstöcke, Wiesen, hat etwas Erlösendes. Als schaue man der Erde beim Löschen ihres Durstes zu.

In dieser Stimmung könnte ich schreiben, dachte ich. Nicht diesen albernen Essay, zu dem mir noch immer kein brauchbarer Anfang einfallen wollte, nein, eine Geschichte, einen Roman, so wie früher.

Das war noch ein anderes Leben gewesen, ein richtigeres, schien mir jetzt auf einmal, als ich noch erfundene Geschichten geschrieben hatte statt dieser Auftragstexte, mit denen ich mich nun schon seit Jahren über Wasser hielt. Mein eigenes Erleben hatte Bedeutung gehabt, das, was mir geschah, was ich begriff oder fühlte, war noch potenzielle Literatur gewesen. Es konnte in etwas Erzähltes münden, es war nicht beliebig und wirkungslos, so wie jetzt. Es war nicht so egal wie die Tatsache, dass ich demnächst meine einzige finanzielle Reserve plündern musste, um dann vielleicht irgendwann dem Staat auf der Tasche zu liegen.

Ich erinnerte mich an die Hoffnung, die ich in

jedes Buch gesetzt hatte. Hoffnung auf Lob, Geld, Lesereisen, Rezensionen in den wichtigen Zeitungen – manches war dann auch wahr geworden, aber immer nur als Intermezzo. Es blieb nicht. Diese Sachbuchschreiberei und das Übersetzen waren nur noch ein schwaches Echo auf das vorangegangene Leben, das mir inzwischen nicht mehr zustand. Das Leben mit Hoffnung. Das Leben in Ideen und Plänen und in einer ständigen Zukunft, die immer in greifbarer Nähe schien, aber in immer größere Entfernung rückte. Ich war irgendwann übergangslos von einem kommenden Autor zu einem gestrigen geworden. Ohne mich auch nur ein einziges Mal als heutiger zu fühlen.

Meinen Freunden ging es genauso. Sie waren mal jemand gewesen, hatten wie ich den Fuß in der Tür gehabt, sich jahrelang als Anwärter aufs Arriviertsein gefühlt und waren dann überrascht und enttäuscht in der Ernüchterung eines Alltags gelandet, mit Absagen, Desinteresse, Manuskripten, die in der Schublade schimmeln, und dem Kleinvieh, dessen Mist sich so deutlich von den Dukaten des längst woandershin getrabten Goldesels unterscheidet.

Und mit der Hoffnung verflüchtigte sich auch der Mut. Auf einmal war eine Idee nur noch eine Idee, kein Grund mehr, sie aufzuschreiben, kein Grund mehr, sie einsickern zu lassen, sie zu wenden und zu beleuchten, ihr Stimme, Statur und Stringenz zu verleihen – für den Weg von einer Idee zu einem Plot und von einem Plot zu einer Story und von der zum Roman braucht es Mut. Bevor man Talent, Geduld und Fleiß aufrufen muss, ist der Mut, aus einer Fiktion ein Stück Leben zu generieren, das Wichtigste. Der Mut, sich zu blamieren, zu scheitern, sich verhöhnen und mit Herablassung behandeln zu lassen, und auch der Mut, sich selbst und der eigenen Idee so lange treu zu bleiben, bis der letzte Satz geschrieben ist. Jetzt gerade, hier in der Terrassentür beim Blick auf den strömenden Regen, erinnerte ich mich, wie erregend sich dieser Mut angefühlt hatte.

~

Ich musste nicht einkaufen, alles, was ich brauchte, hatte ich hier. Falls der Regen nicht aufhörte, würde ich drinbleiben und zuschauen.

Das Halbdunkel im Haus gefiel mir. Schade, dass Isso unterwegs war – ein Nachmittag mit Katze und Lektüre und vielleicht einem Kaminfeuer und vielleicht einem Klavierkonzert, das hätte mir gefallen.

Ich startete den Laptop und öffnete die gestern angelegte Datei mit Notizen. Es gelang mir immerhin, einige kleine Absätze für den Artikel zu formulieren. Wo die dann stehen würden, was zu ihnen hinführen könnte und wo sie ihrerseits hinführen sollten, war mir noch nicht klar, aber der tröstliche Anblick von Buchstaben auf dem Bildschirm gab mir Auftrieb, und es ging zusehends flotter und geschmeidiger voran. Irgendwann würde ich wissen, wie sich eins zum anderen fügte, einstweilen war ich froh, wenigstens schon mal eins und ein anderes zu haben.

~

Ich hatte Stunden gearbeitet, hatte vergessen, mir neuen Tee nachzuschenken, ein paar Schritte auf und ab zu gehen, an den Verleger zu denken, Isso zu vermissen – ich hatte alles vergessen. Das war mir schon seit Jahren nicht mehr passiert. Die Pflichtschreiberei in Berlin war eine beamtenhafte Tätigkeit, die nur Disziplin brauchte, Inspiration war dafür nicht notwendig.

Issos Ausspruch »Wir Katzen sind Musen« ging mir durch den Kopf. Sie schaffte es sogar in Abwesenheit. Kein Wunder eigentlich, wenn sie Erfahrungen aus mehreren Leben mitbrachte. Ich schüttelte den Kopf. Sie war schon eine Marke. Sehr spezieller Humor, mir solche Bären aufzubinden. Und dabei hatte sie ausgesehen wie Carmen Seelig. Sie konnte ihre Augen offenbar mal weniger und mal mehr schräg stellen. Heute Morgen bei ihrem esoterischen Vortrag vom Klodeckel herab hatte sie sie quer gestellt.

Es klopfte an der Terrassentür. Da stand Frau Seelig und machte ein irgendwie zerknirscht wirkendes Gesicht. Sie winkte mir. Sie war patschnass und trug einen ebenso patschnassen Regenmantel. Ich öffnete ihr.

»Peinlich«, sagte sie. »Entschuldigung, dass ich Sie störe.«

»Tun Sie nicht.«

»Mir ist ein blödes Missgeschick passiert.«

»Kommen Sie rein, legen Sie ab, was für ein Missgeschick? Wollen Sie eine Tasse Tee?«

»Gern. Tee gern, Ablegen ist leider nicht möglich. Ich muss den Boden volltropfen.«

Ich sah sie fragend an.

»Ich habe nichts drunter.«

Bevor sich die Dimension dieser Aussage in meiner Vorstellungskraft richtig aufschwingen konnte, reagierte ich schon ritterlich, wie es sich gehört. »Bademantel«, sagte ich und ging ins Bad, um ihr den zum Glück noch nicht von mir benutzten und deshalb trockenen Bademantel und ein Handtuch zu bringen.

»Ich dreh mich um.«

»Danke.«

Sie nahm mir den Bademantel ab und knöpfte sich gleichzeitig den Regenmantel auf. Ich ging in die Küche, um ihr eine Tasse Tee zu holen, und als ich zurückkam, hatte sie schon den Bademantel an und frottierte sich die Haare.

»Ich war schwimmen«, sagte sie, »und hab den Hausschlüssel nicht eingesteckt.«

Ich konnte es nicht ändern, ich musste lachen. Sie sah mich an und lächelte.

»Nicht dass ich wirklich verstünde, was Sie meinen«, sagte ich, »aber nachzufragen wäre vielleicht spießig oder ungehörig oder unpassend. Irgendein Wort mit un- am Anfang müsste stimmen.«

»Wir haben Ihnen doch gestern von unserem kleinen und ziemlich geheimen Waldsee vorgeschwärmt, erinnern Sie sich?«

»Und da gehen Sie schwimmen?«

»Ja.«

»Wenn es regnet.«

»Ja, dann bin ich auf jeden Fall allein dort.«

»Und deshalb müssen Sie auch nichts unter den Regenmantel anziehen.«

»Jetzt haben Sie's aber voll erfasst.«

»Und dieses Konzept geht nur auf, wenn der Hausschlüssel im Regenmantel ist. Sonst müssen Sie nackt in der Nachbarschaft um Einlass betteln.«

»Sie haben's erfasst. Sagte ich schon. Sie dürfen ruhig lachen. Ist ja auch witzig.«

»Soll ich Ihnen ein Bad einlassen?«

»Au ja. Aber vorher muss ich noch den Schlüsseldienst anrufen. Er muss mir die Haustür knacken.«

»Kann Ihr Mann nicht kommen?«

»Der ist in Jena. Und außerdem weiß er nichts von meinen regentäglichen Schwimmexkursionen. Und mir ist lieber, er erfährt nichts davon. Er würde noch lauter lachen als Sie.«

»Tut mir echt leid.«

»Ist schon in Ordnung. Ich würde auch lachen.«

Ich ließ ihr ein Bad einlaufen und nahm eins meiner T-Shirts aus der Tasche, meine Ersatzhose und eine Unterhose. Aber die legte ich wieder zurück.

In eine Männerunterhose würde sie nicht schlüpfen wollen. Sie telefonierte unterdessen mit dem Schlüsseldienst, als ich mit meinem kleinen Kleiderstapel an ihr vorbeikam, legte sie gerade auf.

»Würde es Ihnen was ausmachen, wenn ich in der Badewanne eine Zigarette rauche?«

»Aber nein, ich hol sie Ihnen. Und als Aschenbecher tut's auch eine Untertasse, oder?«

»Da ist einer im linken Oberschrank in der Küche.«

Ich holte die Zigaretten und das Feuerzeug vom Holzstoß und brachte sie ins Badezimmer, wo Carmen Seelig auf dem Wannenrand saß und den Blick in den Spiegel vermied. »So was Dummes«, sagte sie und: »Danke.« Den Aschenbecher hatte sie sich selbst aus der Küche geholt und auf dem Wannenrand bereitgestellt. Ich legte ihr noch ein frisches Handtuch hin und schloss die Tür hinter mir. »Rufen Sie mich, falls Sie noch Tee wollen«, sagte ich durch die geschlossene Tür hindurch. »Danke«, hörte ich und ging ins Wohnzimmer, um in Ruhe zu Ende zu lachen.

Dann machte ich ein Feuer im Kamin. Es gelang mir erstaunlich gut. Meine Pfadfinderzeit war schon sehr lange her, und als Grillfanatiker bin ich nie in Erscheinung getreten. Grasfresser grillen nicht. Außer Paprika, Zucchini und Kartoffeln kann man höchstens noch Maiskolben drauflegen. Das ist den Aufwand nicht wert.

Meine Kleider waren ihr zu groß. Ich hatte ihr vorsorglich meinen Gürtel überlassen, aber der besaß dort, wo sie welche gebraucht hätte, keine Löcher mehr. Und so lang und überdies elastisch, dass man ihn knoten konnte, war er auch nicht. Also suchten wir in den Küchenschubladen nach einem Stück Schnur, fanden nichts und behalfen uns schließlich mit dem Netzkabel meines Handys. Der Stecker hing herunter, aber wenigstens rutschte die Hose nicht mehr, und das darüberhängende Hemd verbarg die aparte Improvisation.

»Der Tee ist gut«, sagte sie, nachdem sie den Sessel zum Kamin gerückt und sich hineingesetzt hatte. »Haben Sie den mitgebracht?«

»Nein, hier im Supermarkt gefunden. Roibusch mit Orange und Zimt. Schmeckt zwar ein bisschen nach Weihnachten, aber das muss man ja nicht so eng sehen.«

»Zum Wetter passt er allemal.«

Es regnete noch immer mit Macht.

Nachdem ich noch ein Holzscheit ins Feuer gelegt hatte und mich aufrichtete, sah sie mich forschend an.

»Rückenschmerzen?«

»Immer«, sagte ich, »ich sitze zu viel.«

»Dagegen kann man was tun.«

»Ich weiß, schwimmen.«

»Jetzt ist aber gut. Ich weiß ja, dass ich ein bisschen blöd bin, ohne Schlüssel rauszulaufen, aber meinen Trick, den See für mich zu haben, lasse ich mir nicht als Dummheit anrechnen.«

»Nein, Sie haben recht. Der Trick ist schlau.«

Der Mann vom Schlüsseldienst stand mit fragend mürrischem Gesicht vor der Tür, anscheinend leuchtete ihm das Problem nicht ein, da ich ihm doch öffnen konnte.

»In der Nachbarschaft«, sagte ich und trat zur Seite, damit Frau Seelig, jetzt wieder mit dem Regenmantel über den Schultern, an mir vorbeikonnte. Die beiden stiegen in seinen kleinen Kastenwagen und fuhren los.

Eigentlich wollte ich weiterarbeiten an meinen Notizen und Bruchstücken, aber die Vorstellung von Carmen Seelig als präraffaelitischer Nymphe, die sich durchs grüne Wasser schlängelt, ging mir nicht aus dem Kopf. Also saß ich nur im Sessel und starrte ins Feuer. Und hörte dem Regen vor dem Fenster zu.

Und da war noch was. Ein lang gezogenes Miauen. Isso stand vor der Terrassentür, genauso patschnass wie vorher Carmen Seelig, nur dass sie noch viel bedauernswerter aussah. Als wäre sie um mehr als die Hälfte ihres Umfangs abgemagert.

»Komm rein«, sagte ich, als ich die Tür offen hatte, und sie flitzte mit erstaunlichem Tempo ins Zimmer und sprang direkt auf den Sessel.

»Jemineh, du siehst aus, als wäre nur noch ein Drittel von dir übrig. Soll ich dich abtrocknen?«

»Mach ich selber, danke.«

Jetzt war alles so, wie ich es mir heute Morgen erträumt hatte, der Regentag mit Katze, das Knistern des Kamins, das Putzgeräusch von Issos Zunge auf ihrem Fell, das Rauschen des Regens, der nie mehr aufhören zu wollen schien. Mein Idyll war komplett.

Ich legte mich aufs Sofa, nachdem ich noch ein Scheit ins Feuer gelegt hatte, und ließ Carmen Seelig ein wenig in meinem Kopf hin und her schwimmen. Dann schlief ich ein.

～

Und erwachte von Issos Schnurren ganz nah an meinem Gesicht. Sie hatte sich auf meine Brust gelegt, eine Pfote an meinem Hals.

Netterweise ließ sie ihre Krallen drin. Ich schlief wieder ein.

～

Und erwachte vom Klingeln des Telefons. Niemand hatte meine Nummer, niemand wusste, dass ich hier war, es konnte nur Frau Seelig sein, also nahm ich ab und meldete mich mit »Hallo«.

»Haben Sie vielleicht Wäsche, die ich mitwaschen soll? Wäre grade günstig.«

»Sie waschen jetzt aber nicht meine Hose und das Hemd, oder? Nach zwanzig Minuten vor dem Kamin und hundert Metern Heimweg im Auto sind die nicht schmutzig.«

»Es kommen noch zehn Minuten dazu, die der Profi zum Einbrechen brauchte.«

»Trotzdem, das zu waschen wäre verrückt. Es wird mir eine Ehre sein, die Sachen noch richtig aufzutragen.«

»Das ist jetzt aber kein Fetischistending, oder?«

»Ist es nicht.«

»Verzeihung. Das war eine dumme Bemerkung. Kann ich die zurücknehmen? Manchmal überholt mein Mundwerk die Manieren. Tut mir leid.«

»Schon gut.«

»Ich wollte die Sachen eh nicht waschen. Ich habe eine ganz normale Wäsche und könnte Ihre einfach dazutun.«

»Gern. Ich bringe sie.«

»Gut.«

Das wird ja langsam richtig abwechslungsreich, dachte ich, Carmen, Katze, Johannes, mir wird die Zeit nicht lang. Ich packte die paar T-Shirts, Unterhosen und Socken zusammen, die gewaschen werden mussten, und stopfte sie in eine Plastiktüte vom Supermarkt. Dann rannte ich durch den Regen bis zu Seeligs Haus, klingelte und war außer Atem und ebenso klatschnass wie meine beiden Besucherinnen. Ich würde den Rest des Tages im Bademantel verbringen müssen. Aber nein, falsch gedacht, die Zweithose war ja trocken. Die kurze Strecke von der Haustür zum Auto des Schlüsseldienstlers hatte sie nicht nachhaltig durchnässt. Dieselbe Plastiktüte in der Hand, nur jetzt mit anderem Inhalt, nämlich der Zweithose, dem T-Shirt und dem

Handykabel trottete ich gemächlich, weil ich nasser nicht mehr werden konnte, den Weg zurück zum Bungalow und pfiff vor mich hin.

~

Mein Essen sah armselig aus, verglichen mit dem feinen Pfefferlauch mit Ravioli, den es am Abend zuvor gegeben hatte. Dagegen war dieses Fertiggericht aus Nudeln, Erbsen und anderem Plastikgemüse, das ich nur in die Pfanne rieseln lassen und ein wenig umrühren musste, der reine Junk. Aber ich würde mir den hoffentlich guten Wein dazu aufmachen und fernsehen. Egal, was kommt.

Isso lag noch immer im Sessel.

»Möchtest du lieber Thunfisch oder lieber denselben wie gestern?«

»Thun.«

Heute war eben mal Junktag. Dose aufmachen, Packung aufmachen. Schlingen. Ich konnte uns ja am nächsten Tag was Besseres kochen.

Wir aßen schweigend. Das hatte ich früher auch mit meinem Sohn gehabt. Es gefiel mir. Isso war zwar eine Frau, und mit Frauen scheint das Schweigen immer einen Mangel bloßzulegen – unter Männern zeigt es eher Frieden. Einverständnis. Ruhe. Vielleicht gilt das ja auch für Männer und Katzen. Ich hatte jedenfalls nicht das Gefühl, ich müsste mir unbedingt ein Gesprächsthema einfallen lassen.

Nachdem der Thunfisch auf ihrem Tellerchen bis auf den letzten Krümel verschwunden war, sprang sie vom Tisch, ging was trinken, kam zurück, sprang in ihren Sessel, streckte sich, putzte sich und schlief weiter. Regentag.

Ich schaltete den Fernseher ein und verschwendete meine Zeit. Und fühlte mich wohl.

~

Bevor ich mich ins Bett legte, stand ich noch eine Weile in der Terrassentür. Der Regen hatte aufgehört, der fast volle Mond erschien zwischen den letzten, sich rasch auflösenden Wolken und warf ein magisches Silberlicht auf die nassen Weinstöcke, Tabakpflanzen, Büsche und Bäume. Isso hatte sich verzogen, ich atmete die ionisierte Luft und entdeckte ein so überraschendes wie verwirrendes Gefühl in mir: Heimweh nach dem Ort, an dem ich war.

Ich wollte nicht zurück, ich wollte keine himmelhohen Hauswände mehr sehen, keine achtlosen Rempler mehr einsammeln, keinen Streit unter alkoholisierten Wracks mehr mit anhören, wenn ich in der Nacht aufwachte, nicht mehr Hundehaufen und Straßenfegerverkäufern ausweichen, ich wollte diese Eremitage mit Katze und Nachbarsehepaar und nichts als Grün vor Augen.

Aber ich konnte doch nicht schon wieder fliehen.

Ich war immer geflohen. Hatte den Ort gewechselt, wenn das Leben mir unerträglich erschienen war. Jetzt hätte ich wieder alles zusammenpacken können und raus aus dem falschen und hierher in ein vielleicht endlich richtiges, ruhiges, aufgeräumtes und konzentriertes Leben ziehen. Und vielleicht wieder schreiben. Etwas schaffen. Nicht mehr nur weitermurksen bis zum nächsten Job.

Meine Freunde würde ich vermissen, aber ich hatte schon so viele Menschen vermisst, darauf käme es jetzt wohl auch nicht mehr an. Und sie konnten mich ja besuchen. Wenn sie die Stille hier ertrugen, dann konnten sie mit mir durch die Weinfelder gehen, im Waldsee schwimmen, Gespräche über mehr als nur die ungerechte Welt mit mir führen und sehen, dass man anders existieren kann als in Kneipen, U-Bahnen, Parks und Menschenmengen. Falls sie mich überhaupt vermissen würden. Vielleicht verschwand ich ja, ohne eine Lücke in ihrem Kreis zu hinterlassen. Vielleicht bemerkten sie mein Fehlen nicht mal. Ich hatte sie gern, aber das konnte ich auch aus der Ferne. E-Mails schreiben, Besuch empfangen, telefonieren. Ich wäre nicht aus der Welt. Nur aus der Stadt.

~

Irgendwas musste ich geträumt haben. Da war noch ein vages Bild von Isso in meinem Kopf, wie sie durch Berlin irrt, Menschen ausweicht, vor Fahrrädern erschrickt, vor einem Auto flieht, nur um direkt vor der Schnauze des nächsten zu stehen. Ich rufe sie, aber sie hört mich nicht. Es war grauenhaft. Ich hatte Angst gehabt um sie.

Das war ein Déjà-vu. Genau so hatte ich früher von Minnie geträumt. Und nie war sie auf meine Schulter gesprungen, um sich von mir sicher durch alle Fährnisse tragen zu lassen.

Isso lag nicht auf meinem Bett und nicht in ihrem Sessel. Es war kurz nach fünf, und das Vogelorchester schon mitten im Tutti, kein Wölkchen am Himmel, das Glitzern des Regens auf den Blättern war verschwunden und nur hier und da noch Schwaden von Bodennebel in die Szenerie geflochten. Die Luft roch unglaublich gut. Wäre ich ein Schriftsteller gewesen, dann hätte ich beschreiben können, wie sie roch, zumindest mich dazu aufgerufen gefühlt, aber ich war nur ein Sachbuchautor, der verlernt hatte, poetischen Anflügen nachzugeben. Das will niemand lesen. Nicht von mir.

Erst jetzt fiel mir auf, dass ich wieder nackt auf der Terrasse stand, und ich holte den Bademantel und zog ihn über. Im Gegensatz zu Frau Seelig brauchte ich keinen Hausschlüssel einzustecken, die Schiebetür konnte nicht zufallen, also ging ich barfuß und im Bademantel den Weg, den mir Johannes beschrieben hatte, durch den Weinberg, in den Wald, nach dem Wegkreuz rechts ins Unterholz auf einen kaum sichtbaren Pfad und dann beim moosüberwucherten Felsen wieder rechts.

Es war anfangs schmerzhaft, jeder Stein und jedes Ästchen attackierten meine Fußsohlen, aber nach den ersten vielleicht hundert Metern trat ich schon beherzter auf und beschimpfte mich nicht mehr selbst für den Einfall, ohne Schuhe loszugehen.

Der See war märchenhaft schön. Ganz von Bäumen umgeben, eine nasse Lichtung mit etwas Schilf, einem kleinen grasbewachsenen Uferabschnitt, erstaunlich klarem Wasser und schon jetzt von den ersten Sonnenstrahlen erfasst, in denen das metallische Blau einer Libelle aufblitzte und sich die konzentrischen Ringe, die ein Wasserläufer als Spur hinterließ, glitzernd nach außen ins Vage verloren.

Es gab sogar einen kleinen praktischen Umkleidefelsen, auf den ich meinen Bademantel legte. Einen Moment stand ich noch da und überlegte, ob ich zu feige wäre, einfach ins Wasser zu springen, ob ich zuerst einen Zeh hineinstecken sollte, mich langsam bis zu den Knien voranwagen und mit den Händen ein bisschen Wasser auf Brust und Oberarme löffeln, aber dann überraschte ich mich selbst und rannte mit einem Satz und einem lärmenden Platschen hinein. Es war gemein kalt.

Das hätte ich mir denken können, nach den Hektolitern Regen, die hier gestern dazugekommen waren. Der See war groß genug, dass ich sechs Züge schwimmen konnte, und nach drei Längen hin und her hatte ich die Kälte fast vergessen. Und wollte jauchzen, wenn mir das Geräusch nicht vor mir selbst peinlich gewesen wäre. Ich verstand Carmen Seelig. Es war großartig.

~

Leider lagen weder der Garderobenfelsen noch das Stückchen betretbares Ufer in der Sonne, sodass ich mich nicht einfach trocknen lassen konnte, deshalb zog ich den Bademantel über, so nass wie ich war, denn an ein Handtuch hatte ich nicht gedacht.

Als ich den Moosfelsen erreicht hatte und nach links auf den unsichtbaren Weg abbog, erschrak ich, denn ein weißer Blitz fegte mir vor die Füße. Isso. Sie strich an meinem Knöchel entlang und sagte: »Morgen. Wirst du jetzt nachtaktiv?«

»Ich war schwimmen.«

»Weiß ich. Hab deinen Weg bewacht.«

»Du bist mir die ganze Strecke gefolgt?«

»Ja.«

»Ich hab von dir geträumt.«

»Weiß ich«, sagte sie, »war stressig.«

»Du weißt, dass ich von dir geträumt habe?«

»Das ist nur eine andere Art, deinen Kopf zu besuchen. Diesmal eben während du schläfst.«

»Dann besucht mich …«, ich brach ab.

Wir gingen ein Stück. Ich schaute mich nicht nach ihr um, aber ich hörte sie durchs Unterholz rascheln. Schließlich überholte sie mich und setzte sich vor mich auf den Weg.

»Minnie?«

»Ich glaube, ich will nicht von ihr erzählen. Tut immer noch weh, obwohl sie schon so lange tot ist.«

»Vielleicht ist sie nicht so tot, wie du denkst. Sie besucht dich immerhin im Traum. Vielleicht ist sie auf diese Art immer noch bei dir.«

»Hör mal, wenn ich dir jetzt was erzähle, versprichst du dann, mich nicht auszulachen?«

»Lachen ist keine Katzenfähigkeit.«

»Du weißt schon, was ich meine. Ob du das Gesicht verziehst oder sonst was, ich bitte dich nur, deinen Humor kurz stecken zu lassen, wenn das geht.«

»Okay, mach ich. Versprochen.«

»Ich habe in den letzten Tagen gedacht, du könntest vielleicht Minnie sein. In ihrem nächsten Leben oder so. Du machst ein paar Sachen genau wie sie. Du gurrst, wenn du aufs Bett springst, du donnerst auf den Boden, dass man glaubt, es kostet dich die Kniegelenke, du kringelst dich so wie sie an mich dran – wenn Minnie gesprochen hätte, dann wäre sie vielleicht auch so besserwisserisch gewesen wie du. Ich muss jedenfalls immer wieder an sie denken, wenn ich dich sehe. Dabei bin ich ein vernunftorientierter Mensch, ich glaube nicht an übersinnliches Zeug. Aber dass Minnie noch irgendwie lebt und in Verbindung mit mir steht, das möchte ich so gern glauben, dass es mich manchmal einfach kalt erwischt.«

»Ich bin nicht Minnie.«

»Bitte denk jetzt nicht, ich sehe dich als Ersatz oder Stellvertreterin oder so was. Du erinnerst mich nur an sie.«

»Ich bin nicht eifersüchtig.«

Wir gingen ein Stück weiter in Richtung Waldrand, sie stromerte links und rechts ins Unterholz, flitzte dann wieder an mir vorbei, ich trat noch immer vorsichtig auf und versuchte, die allzu spitzen Steine auf dem Weg zu erkennen und umgehen. Als wir beim Wegkreuz aus dem Wald kamen, blieb ich einen Moment stehen, so überwältigend war der Anblick der Weinberge, Gärten, Wiesen und des Städtchens mit seinem Kirchturm und frühmorgendlichen Schimmer auf den Dächern.

»Erlaubst du mir noch eine vielleicht dumme Frage?«

»Humor immer noch stecken lassen?«

»Ja bitte.«

»Also gut. Frag mich.«

»Kennst du sie?«

»Minnie?«

»Ja.«

»Flüchtig. Wir haben uns in deinem Kopf kennengelernt. Ich soll dir sagen, dass es ihr gut geht.«

Jetzt verschwamm das Bild vor meinen Augen. Ich konnte es nicht ändern, ich heulte. Aber ich wollte es auch nicht ändern. Niemand war hier, vor dem mir das hätte peinlich sein müssen, und auf Issos Diskretion verließ ich mich. Ich blieb stehen.

Sie strich mir um die Beine. Dann setzte sie sich

geduldig neben mich wie ein braver Hund und wartete, bis ich mich wieder gefangen hatte.

»Komm frühstücken«, sagte sie dann und flitzte mit einem Sprung ins Weinfeld. Ich folgte ihr. Mitten durch die Rebstöcke war der Weg kürzer und der Boden für meine nackten Füße angenehmer.

Auf einem Wirtschaftsweg, den wir überquerten, stand plötzlich ein Hund. Er war ohne Leine, ohne Mensch, er sah Isso und schoss auf sie los. Ich sah, dass sie sich nirgendwo nach oben retten konnte und rief ihr zu: »Komm hoch, auf meine Schulter!«

Sie tat es. Sie sprang aus dem Stand und landete präzise neben meinem Gesicht, ich spürte ihre Krallen, die sich schmerzhaft tief in mein Fleisch eingruben, und der Hund stand vor uns und bellte und bellte und bellte. Er war eher klein, er sprang nicht an mir hoch, er bellte nur wie von Sinnen, und ich stand starr. Ein Mann im Bademantel mit einer Katze auf der Schulter.

Das ist das, was die jetzt heranjoggende Frau sah. »Lissi«, schrie sie, »aus!«

Der Hund gehorchte, ich stand immer noch starr, die Frau sah uns an, und ich wette, sie traute ihren Augen nicht. Aber sie nahm vorsichtshalber dennoch ihren Hund an die Leine, der sich jetzt aufs Knurren verlegt hatte. Auch wenn sie nur eine Halluzination vor ihm beschützte, sicher ist sicher, dachte sie vielleicht und joggte wortlos, den Hund an der Leine, weiter.

»Danke«, sagte ich und »Guten Morgen«, aber sie antwortete nicht und drehte sich auch nicht mehr nach uns um. Sie glaubte einfach nicht, dass wir wirklich waren. Sie überlegte, was wohl in ihren Morgenkaffee reingeraten sein konnte, das ihr derart schrille Erscheinungen verschaffte.

~

Meine Schulter blutete. Issos Krallen waren so tief eingedrungen, dass ich blaue Ränder um die Wunden sah. Egal. Diese kleine Szene vorhin im Weinfeld hatte mich glücklich gemacht wie schon lange nichts mehr.

Ich lag inzwischen mit Tee und Marmeladenbrot in der Badewanne, und Isso saß auf dem Klodeckel und putzte sich.

»Das war sagenhaft gut«, sagte ich, »dass du auf meine Schulter gesprungen bist und mir vertraut hast, das war einfach sagenhaft gut. Ich bin stolz auf dich.«

»Eigentlich ist das nicht katzig. Als Katze sorgt man für sich selber«, sagte sie, »aber ich bin in deinem Kopf zu Besuch, und dort sah es aus wie die beste Möglichkeit, sich vor diesem stinkenden Brüllhaufen in Sicherheit zu bringen.«

»Ja.«

»Die zweitbeste wäre gewesen, ihm was auf die Nase zu geben, dass er seinen eigenen Schwanz überholt.«

»Ich zweifle nicht daran, dass du erfolgreich gewesen wärst. Trotzdem bin ich froh, dass du gesprungen bist. Mir ist fast das Herz stehen geblieben, als der plötzlich auf dich zuschoss.«

»Sabberlärmer. Scheißhund, blöder.«

»Na ja, der macht auch nur, was er machen muss. Was glaubst du, was eine Maus über dich sagt.«

»Ist mir egal.«

»Dem Hund auch.«

»Und wer ist jetzt hier der Besserwisser?«

»Ich, du hast recht. Tut mir auch mal gut. Du hast immer das letzte Wort, und ich hab zwischendrin auch mal recht. Das ist nur fair, oder?«

Sie sah mich an. Ich wartete auf die freche Bemerkung, die jetzt unweigerlich kommen musste, aber es kam nichts. Irgendwann öffnete sie den Mund und sagte: »Miau.«

Ich musste lachen.

~

Nach dem Frühstück war sie losgezogen und ich hatte mich an meinen Artikel gesetzt. Es ging sehr gut voran. Zwar hatte ich noch immer nur disparate Teile, aber ich kannte das schon: Bald würden es so viele sein, dass ich eine Struktur sah. Dann musste ich nur noch ordnen und den Kitt schreiben.

Meinen Kuli hatte ich hinter dem Sofa hervorgeholt, ich brauchte ihn, um Notizen zu machen. Und damit sie ihn bei der nächsten Gelegenheit nicht wieder in irgendein schwer zugängliches Off expedieren würde, knüllte ich in der Küche drei kleine Kugeln aus Alufolie. Wer weiß, vielleicht würden die mir auch als Ablenkungsangebote helfen, falls sie wieder mit einer lebenden Maus ankam.

Es war seltsam, ich wusste, dass mein Idyll hier nur eine Ausnahme war, keine Normalität, kein erreichbarer oder gar haltbarer Zustand, und trotzdem kreisten meine Gedanken immer wieder um die Möglichkeit, dies alles hier, Isso, die netten Nachbarn, den See, die Abwesenheit aus meinem gewohnten Lebenstrott, zu erobern. Ich wollte hierbleiben.

Mir geschah hier etwas, das ich nicht mehr für möglich gehalten hatte. In Berlin war ich so was wie der Spezialist für absterbende Gespräche, wer sich auf mich als Dialogpartner einließ, hatte Pech und suchte nach wenigen Minuten verzweifelt nach einem Thema, auf das ich vielleicht doch noch anspringen würde – ich war einfach ein Langweiler. Das war nicht immer so gewesen, ich war irgendwann im Laufe der Jahre dazu geworden, weil sich immer mehr Gedanken zwischen mich und meine Worte gedrängt hatten. Hier war das auf einmal wieder vorbei. Mit Isso redete ich spontan und direkt, ein Wort gab das andere, und mit den Seeligs war es ebenso. Das kannte ich nicht mehr an mir.

Und hier hatte mich auch noch niemand (außer dem Hund im Weinfeld) angegrunzt, angebellt oder angerempelt. In Berlin war das normal. Natürlich gab es dort auch Freundlichkeit, aber sie wirkte wie die Ausnahme, nicht wie die Regel. Vielleicht war ich ja, entgegen meinem bisherigen Selbstbild, ein Provinzler, der sich ein Metropolenleben verordnet hatte, in das er nicht wirklich passte? Vielleicht brauchte ich Übersichtlichkeit und Platz zwischen mir und dem Rest der Menschheit?

»Jetzt erzähl endlich«, sagte Isso. Sie lag auf dem Sofa, als hätte sie sich nie von dort wegbewegt. Ich hatte sie nicht gehört.

»Bist du eingeschwebt, oder was?«

»Wieso, weil du mich nicht gehört hast?«

»Ja.«

»Katzen können schleichen, hast du das vergessen?«

»Ich dachte, du kannst nur trampeln oder latschen, auf jeden Fall habe ich dich bisher immer gehört.«

»Nur weil ich das wollte.«

»Was soll ich denn erzählen?«

Sie gähnte wieder und machte ihre Augen schmal. »Von deiner großen Liebe«, sagte sie, »von der einen und einzigen Katze, die du so geliebt hast, wie andere Leute nicht mal einen Menschen lieben.«

»Höre ich da Spott raus?«, fragte ich, denn sie schien mir schon wieder so herablassend. War sie vielleicht doch eifersüchtig? Auf eine tote Katze?

»Falls ja, dann fälschlicherweise. Ich meine es nicht ironisch. Du hast vom ersten Moment an, als du merktest, dass ich spreche, an deine Minnie gedacht, und sie ist dir seither nicht wieder aus dem Kopf verschwunden. Stimmt doch, oder?«

»Ja.«

»Also.«

»Was also?«

»Erzähl.«

»Es gibt eigentlich nicht viel zu erzählen.«

»Dann erzähl halt wenig.«

»Sie war ein bisschen wie du, das weißt du ja schon, sie hat gegurrt wie du, sie hat sich an mich drangekringelt nachts beim Schlafen, nicht ganz wie du, sie lag nicht in meinem Arm, bei ihr war es eher so was wie die Löffelchen-Haltung. Sie hat sich an meine Brust gelegt, sodass ich ihren Rücken spürte und sie mein Herz, sie hat geredet mit mir, nicht wie du, nicht in meiner Sprache, bei ihr war es Zwitschern, Gackern, Miauen, Quietschen, Gurren und so eine Art kleines Quaken, wenn sie hinter was herjagte, und ein Gejohle, wenn sie durch die Katzenklappe von draußen hereindonnerte und mich begrüßte. Eine Zeit lang war sie verrückt nach Kartoffelbrei und später eine Weile nach gebratenen Zucchini. Sie war schwarz und hatte weiße Schuhe – wenn sie lange wegblieb, hatte ich Angst um sie, wenn sie krank war oder verletzt, hat es mir so die Brust eingeschnürt, dass ich mich immer wieder bei viel tieferen Atemzügen erwischt habe. Wenn ich traurig oder unruhig oder ängstlich war, hat sie mich in den Schlaf geschnurrt, und wenn ich nicht wusste, wie ich mich fühlte – das war meistens der Normalzustand –, dann brauchte ich nur einen Blick auf sie zu werfen, um zu begreifen, dass es mir gut ging.

Ich habe mich geschämt, wenn ich sie festhalten musste, damit der Tierarzt ihr eine Spritze geben konnte, ich habe ihr die lebenden Mäuse geklaut, wenn es mir gelang, sie ging mit mir spazieren – wir wohnten damals am Stadtrand und nachts war niemand sonst mehr unterwegs – sie brachte mich zum Lachen, wenn sie randalierte, sie mochte es, wenn ich sie zwischen die Ohren küsste, und wenn sie während meiner Abwesenheit krank wurde, dann hatte ich den Eindruck, sie erhole sich sofort wieder, sobald ich nach Haus gekommen war.«

Ich schwieg eine Zeit lang, Isso ebenfalls. Sie hatte die Augen zu Schlitzen verengt, und ihre Pfoten waren nebeneinander ausgestreckt wie bei einer ägyptischen Statue. Eine Katzensphinx. Meine Angst, ich könnte schon wieder heulen, nur weil ich von Minnie erzählte, verflog. Es tat gut, von ihr zu reden, obwohl sie dadurch wieder fast lebendig, und mir bei jeder Einzelheit, die ich wachrief, klarer wurde, dass ich sie noch immer vermisste. Aber jetzt, mit Isso, fühlte sich dieses Vermissen auf einmal nicht mehr wie eine Wunde an, sondern nur noch wie eine Narbe.

»Ich habe mich immer aufs Heimkommen gefreut, wenn ich unterwegs war.«

Wieder Schweigen. Ich stellte mir Minnie vor, wie sie mich beim Nachhausekommen empfing – sie saß immer an derselben Stelle mit verschlafenem

Gesicht – wie sie sich dann mit einem kleinen Sprung erhob, wenn ich mich zur Nase-an-Nase-Begrüßung auf die Knie begeben hatte. Dann tanzte sie noch zwei elegante Schmusekurven an meinem Gesicht vorbei, und dann war das Begrüßungsritual vollzogen.

»Sie roch unglaublich gut. Ich weiß heute noch, wie sie roch.«

»Wonach?« Zum ersten Mal seit Minuten hörte ich Issos Stimme wieder.

»Nach Tee und Heu und irgendwas.«

Isso lag jetzt da wie ein Schiff, eine Katzengaleere, ihre Pfoten inzwischen vor der Brust eingeklappt, die Ohren nach vorn gerichtet, die Augen geschlossen.

»Schläfst du?«, fragte ich.

»Ich konzentrier mich«, sagte sie. »Ich hör zu.«

»Heute Morgen, als du auf meine Schulter gesprungen bist, da hast du gesagt, das sei unkatzig. Minnie hat auch so was Unkatziges getan. Sie war noch jung damals, kein Jahr alt, und ich wollte sie sterilisieren lassen. Und weil ich zu feige war, sie in einen Katzenkorb zu zwingen, dann mit dem Taxi zum Tierarzt zu fahren und vielleicht ihre unglücklichen oder verängstigten Schreie anzuhören, habe ich einen Fahrdienst der Tierklinik in Anspruch genommen. Ein Zivi kam mit Transportkiste, wir tricksten sie zusammen hinein, und er zog ab mit ihr und brachte sie nach drei Stunden wieder.

In diesen drei Stunden habe ich mich so geschämt, dass ich am liebsten in den Boden gebissen hätte. Im Auto wären ihr bestimmt meine Stimme und meine Anwesenheit besser bekommen als das Alleinsein mit dem fremden Mann. Ich wollte mit dem Taxi hinterherfahren, um wenigstens im Wartezimmer neben ihr zu sitzen und sie zu trösten, aber ich dachte, es ist zu spät, jetzt ist sie schon betäubt, jetzt hat sie nichts mehr davon.

Als der Zivi mit ihr wiederkam und wir sie vorsichtig aus dem Korb hoben, war sie noch unter Narkose, sie war vollständig weg. Ich legte sie auf eine Decke, unter der ich ein großes Kissen platziert hatte, und setzte mich zu ihr, damit sie wenigstens beim Aufwachen gleich meine Stimme hören und wissen würde, dass sie in ihrer gewohnten und sicheren Umgebung war.

Ich saß im Sessel, hatte keine Musik an, damit ich gleich mitbekäme, wenn sie aufwachte – es war Abend, ein Spätsommerabend, so wie jetzt etwa – ich weiß noch, dass keine Heizung an war und Stille draußen, niemand arbeitete mehr im Garten, die Vögel sangen nur noch vereinzelt, kein Tellerklappern aus der Nachbarschaft, nur noch hin und wieder ein Auto in einer der Nebenstraßen oder das Ratschen einer Jalousie, die heruntergelassen wurde. Ich schlief ein.

Und ich wachte auf, weil sie auf meinen Schoß gesprungen war. Noch ganz im Tran von der Narkose und bestimmt mit einknickenden Beinchen, weil ihr Körper noch nicht wieder richtig mitmachte, war sie zu mir gekommen und in meinen Schoß gehupft. Sie schnurrte ganz leise und kringelte sich vorsichtig ein – ich legte meine Hand um ihren Hintern – sie schlief, und wir blieben so die ganze Nacht. Ich bin andauernd aufgewacht, aber ich habe mich nicht gerührt, damit sie ihren Narkoserausch ungestört ausschlafen konnte.«

Ich schwieg wieder eine Weile. Isso überließ mich meiner Erinnerung.

»Als Katze verkriecht man sich doch eher, wenn man sich nicht gut fühlt, man versteckt sich unterm Bett oder hinter den Büchern, man sucht keine Nähe. Aber sie hat sich ganz nah an mich angekuschelt. Ich habe das als Liebesbeweis der ganz besonderen Art angesehen.«

»Und auch als Zeichen, dass sie dir nicht übel nimmt, dass du sie alleingelassen hast, oder?« Isso hatte ihre Augen jetzt offen und sah mich an.

»Ja.«

»Obwohl ja Liebe nicht direkt eine Katzenkategorie ist. Bei uns ist es eher so was wie Gernzusammensein.«

»In dem Fall ist mir egal, wie es heißt, als Menschensache heißt es eben Liebe.«

»Lässt sich verbinden«, sagte sie.

»Übrigens haben bald danach diese Beschützeralbträume angefangen. Ich war mit Minnie irgendwo in der Stadt oder an der Autobahn oder auf Reisen und hatte Angst um sie.«

»Wie kam sie zu dir?«

»Mein Sohn hatte sie gebracht. Ich sollte auf sie aufpassen, während er für zwei Wochen in Urlaub fuhr. Er hatte mich nicht vorher gefragt, er stand einfach da mit dem Katzenkind in der Hand. Sie war winzig, ihr Schwanz war noch kegelförmig. Ich wollte zuerst ablehnen, weil ich sauer war und mich überrumpelt fühlte, aber dann hatte er schon die Tür geschlossen, sie auf den Boden gesetzt, und sie marschierte schnurstracks auf mich zu und sah mich an. Ich nahm sie auf den Arm und war verliebt. Meinem Sohn gegenüber tat ich noch verärgert, aber ich war schon hin und weg.«

»Und dann blieb sie bei dir.«

»Ja.«

»Wie lange?«

»Vierzehn Jahre.«

»Und dann?«

»Starb sie.«

»Erzählst du mir, wie?«

»Sie war schon abgemagert und trank nicht mehr. Der Tierarzt hatte mir empfohlen, ihr nur noch Nassfutter zu geben, und ich gab ihr Thunfisch mit Wasser vermischt. Und beim Essen fiel sie irgendwann mit einem kleinen Schrei um und lag im Koma. Der Tierarzt sagte, sie habe nur noch Schmerzen vor sich, wenn wir versuchen würden, sie wieder zurückzuholen, also gab er ihr eine Spritze, und sie war tot.«

Isso schwieg. Ich suchte mein Inneres ab nach dem Schmerz, den mir dieses Bild immer verursacht hatte, aber seltsamerweise war er jetzt, da ich davon erzählte, viel geringer als sonst, wenn ich nur daran dachte.

»Ich habe sie in ihrer Lieblingsdecke begraben in

einer Wiese in der Nachbarschaft, habe Stiefmütterchen draufgepflanzt und bin, solang ich dort noch wohnte, fast jeden Abend zum Grab gegangen. Dann bin ich nach Berlin gezogen. Dort hätte es Minnie nicht gefallen.«

Isso schwieg.

»Und mir gefällt es auch nicht wirklich. Seit sie tot ist, fehlt ein Stück von mir. Ich kann es nicht besser ausdrücken.«

»Ist gut genug so«, sagte Isso.

~

Ich starrte auf meine Notizen, weil mir die einvernehmliche Stille zwischen Isso und mir so zerbrechlich vorkam, dass ich sie nicht mit allzu deutlicher Aufmerksamkeit stören wollte. Ich tat so, als würde ich lesen, aber ich saß nur da und horchte meinen eigenen Worten hinterher. Isso lag noch immer so galeerig da.

»Schläfst du?«, fragte ich sie irgendwann.

»Ja«, sagte sie.

~

Eine Autotür schlug zu, und dann klingelte es bei mir. Ich rechnete mit Frau Seelig, aber es war ein

Mann in blauem Kittel, der behauptete, der Schornsteinfeger zu sein. Ich ließ ihn rein, und er fand ohne mein Zutun den Heizraum, wo er zwar nicht den Schornstein fegte, aber die Therme mit einem Messgerät auf ihre Emissionen überprüfte. Tee wollte er keinen.

»Gehen Sie auch zur Prozession?«, fragte er.

»Was für eine Prozession? Wann?«

»Nachher um halb sieben. Wir feiern das Fest unserer Stadtheiligen. Das geht übers ganze Wochenende, und heut Abend fängt's an.«

Als er sein Werkzeug wieder zusammengepackt hatte und ins Auto brachte, sagte er noch: »Ich muss mich beeilen, ich spiel bei der Musik mit. Sie sind heut mein letzter Kunde.«

Dann kurvte er mit Schwung und einem kleinen Winken vom Vorplatz und rumpelte in einer stilechten Staubwolke davon. Ich hatte nicht mal was unterschrieben.

Isso war natürlich wieder verschwunden. Ihr lag offenbar daran, aus unserem Zusammensein ein Geheimnis zu machen. Wieso eigentlich? Dachte sie, jemand verpetzt uns? Und wenn?

Der Schornsteinfeger war nicht schwarz gekleidet gewesen, hatte keinen Zylinder getragen und auch keine Bürsten an langem Drahtseil über der Schulter hängen, aber er kam mir trotzdem vor wie die passende Märchenfigur zu dieser Bilderbuchwelt. Passierte hier auch mal was Böses?

Vielleicht lag ich doch im Koma auf irgendeiner Berliner Intensivstation und vertrieb mir die

Zeit mit Träumen von einer konspirativen Katze und lauter netten Menschen, die heute Abend eine bunte Prozession veranstalten und mir allesamt fröhlich zuwinken würden. Vielleicht war es auch kein Koma, sondern ein besonders freundliches Gift? Irgendein Morphin, das mich wegdrückte in eine heile, nette Welt, die unmöglich wahr sein konnte.

Falls dies nicht alles nur Einbildung war, dann würden hier wie anderswo Frauen geschlagen, Kinder missbraucht und Tiere gequält – mein Entzücken rührte nur daher, dass ich mich nicht auskannte, dass ich keine Ahnung hatte von der Wirklichkeit, deren Fassade mir so hübsch erschien, dass ich dahinter nichts Schlechtes vermuten wollte.

~

Das Städtchen war schon voller Menschen, die sich in kleinen Grüppchen herumstehend oder an den Schaufenstern entlangschlendernd die Wartezeit verkürzten. Ein kleines Mädchen hatte eine Decke auf der Straße ausgebreitet, darauf Spielzeug, ein paar Bücher, eine Videokassette und ein rosa Handy, und wartete gelassen und gut gelaunt auf Käufer. Ein größeres Mädchen stand daneben und spielte Saxofon. Sie spielte schauerlich schlecht, hatte wohl erst ein paar Stunden Unterricht hinter sich, aber sie lächelte in sich hinein und hatte voller Optimismus eine Mütze vor sich auf der Straße liegen. In der allerdings noch kein Cent glitzerte.

Ich schlenderte wie die anderen von Schaufenster zu Schaufenster, bis von irgendwoher Böllerschüsse dröhnten. Das wird Isso nicht gefallen, dachte ich. Minnie war in der Neujahrsnacht immer unters Bett verschwunden und nicht zu trösten gewesen, bis der Lärm ein Ende gehabt hatte.

Aus einiger Entfernung erklang Musik. Ein langsamer Marsch. Ich wartete einfach, wie die meisten hier – nur wenige Leute gingen der Musik entgegen. Nach einigen Minuten bog mit leisem Klingeln, das wie ein fernöstlicher Schimmer über der getragenen europäischen Melodie lag, ein Trupp Menschen in meine Sichtachse ein. Vier Männer trugen einen Baldachin, darunter ging ein Priester im Ornat und hielt eine kleine Statue, davor ein Ministrant mit Weihrauch, ein zweiter mit Glöckchen und dahinter eine gemessenen Schrittes marschierende Kapelle, alle in Uniformen, die nichts Militärisches hatten, eher an Trachten erinnerten, dahinter Männer und Frauen und Kinder in echter Tracht, eine Gruppe Reiter und eine größere Gruppe sonntäglich gekleideter Menschen.

Je näher mir der ganze pittoreske Pulk entgegenschritt, desto stärker spürte ich in der Zwerchfellgegend eine Art Rührung oder Ergriffenheit – solch unschuldig-ernsten Ausdruck katholischen Brimboriums hätte ich nicht hier erwartet. In Spanien vielleicht oder Italien, von mir aus auch in Köln, aber nicht hier in der hintersten Ecke des Landes, wo Katzen sprechen können und Schüler noch vor der Beherrschung ihres Instruments die Straßenmusikerlaufbahn einschlagen.

Die Kapelle spielte jetzt ein etwas weniger trauriges, eher rumsiges, marschierfreundliches Stück, und ich sah die Saxofonistin, die in ein paar Metern Entfernung an mir vorüberging, ihr Instrument jetzt im Koffer, und im Rhythmus der Musik an ihrem Eis leckte. Sie marschierte nicht im Takt, aber sie konsumierte ihr Eis im Takt.

Als ich den Blick zurück auf die Prozession lenkte, sah ich, dass Carmen Seelig mitspielte. Klarinette. Sie entdeckte mich in der Reihe der Schaulustigen, konnte aber nicht winken, weil sie beide Hände zum Spielen brauchte, konnte auch nicht lächeln, weil das nicht zusammen mit Blasen ging, stattdessen drehte sie kurz wie ein alter New-Orleans-Jazzmusiker ihre Klarinette in meine Richtung und spielte ein paar ihrer Töne nur für mich. Den Schornsteinfeger entdeckte ich nicht. Er war sicher schon vorbei.

Die Menschen schlossen sich dem Zug an, ich nicht, mir waren das zu viele Leute auf einem Haufen. In Berlin hatte ich das jeden Tag, zwar ohne Feierlichkeit und Kostüme, dort störte es mich nicht, es fiel mir nicht mal auf, hier wollte ich Abstand.

Es war noch immer heiß. Ich holte mir ein Handtuch aus dem Haus und ging zum See genannten Teich. Unterwegs traf ich niemanden. Klar, die waren alle bei ihrem Fest. Früher hätte ich eine solche Szenerie wie diesen Umzug entweder lächerlich gefunden oder gar für das Abbild geistiger Ödnis, den Inbegriff von Provinzialität und Spießigkeit gehalten, und jetzt war ich erstaunt über mich selbst. Ergriffenheit bei Blasmusik – das war neu. Und eventuell bedenklich.

Der See war diesmal wärmer. Ich hatte ihn wieder für mich allein. Vielleicht waren die Seeligs so klug, niemandem davon zu erzählen, allenfalls den Mietern ihres Hauses, die nach ein paar Tagen wieder verschwanden und mangels Anschluss ihr Wissen nicht im Städtchen weitergeben konnten.

Nach ein paar Schwimmzügen sah ich aus dem Augenwinkel eine Bewegung. Isso war auf den Umkleidefelsen gesprungen und machte es sich auf meinen Kleidern bequem.

»Ich war zufällig in der Gegend«, sagte sie.

Ich sagte nichts. Was soll man auf solch eine Floskel schon erwidern.

»Du siehst aus wie ein ziemlich großer Frosch«, sagte sie.

»Nicht dein Beuteschema, oder?«

»Zum Frühsport eventuell.«

»Kannst du eigentlich schwimmen?«

»Vielleicht in der Not«, sagte sie, »ich will's nicht ausprobieren.«

»Es ist toll.«

»Wer's mag.«

Sie saß wieder da wie die Sphinx. Ich schluckte meine bewundernde Bemerkung, ich nahm an, mit dem Begriff Schönheit finge sie nichts an. Das war sicher keine Katzenkategorie.

Sie sah aus, als wäre sie meine Leibwächterin. Ich wurde beschützt von ihr. So wie man sich als Kind auf dem Spielplatz von einer strickenden oder tratschenden Mama beschützt wusste, wenn sie nur in der Nähe war, ob sie hersah oder nicht, spielte keine Rolle. Isso würde jeden Braunbären oder Förster in die Flucht schlagen, sie würde jeden Übergriff auf ihren Spezialfrosch unterbinden.

Eine Weile ließ ich mich noch auf dem Rücken treiben, bewegte mich nur eben so viel, dass ich nicht unterging, dann schwamm ich zum Ufer und stieg aus dem Wasser. Als ich das Handtuch vom Umkleidefelsen nehmen wollte, machte sie keine Anstalten, sich zu bewegen. Sie blieb drauf sitzen.

»Versuch's doch«, sagte sie, als ich vorsichtig nach dem Tuch tastete, und schon hatte sie meine Hand mit Krallen und Zähnen gepackt und strampelte mit den Hinterpfoten dagegen, als wolle sie mir die Haut abziehen. Ich musste lachen, obwohl es wirklich wehtat, und nahm meine andere Hand, um sie auf dem Kopf zu kraulen, während sie sich mit energischem Spaßgrimm an mir zu schaffen machte.

»Ich könnte dich ins Wasser schmeißen«, sagte ich.

Darauf ließ sie von mir ab und war mit einem Satz am Waldrand, wo sie sich wieder einmal putzte, als müsse jeder heftigeren Bewegung gleich die entsprechende Hygienemaßnahme folgen. Ich blutete an den Stellen, die sie in der Mache gehabt hatte. Ich sah schon ziemlich ausgefranst aus.

Sie trabte voraus, verschwand nach rechts und links, tauchte an anderer Stelle wieder auf, strich einmal schnell um meine Knöchel und rannte dann mit pferdchenartigen Sprüngen drauflos. Diesmal sah ich mich am Waldrand um, ob nicht irgendwo ein Menschenkopf über die Reben ragte, der auf einen Hund hindeuten konnte, aber es war niemand zu sehen.

Sie schlenderte ein Stückchen weit neben mir her.

»Bei Fuß«, sagte ich.

»Sehr witzig.«

Wir gingen fast denselben Weg wie am Morgen. Ich sicherte noch mal extra rechts und links, als wir den Wirtschaftsweg erreicht hatten – kein Hund, die Luft war rein – sie war mit zwei Sprüngen drüber und verschwand im Tabakfeld. Auf der anderen Seite wartete sie auf mich und ging wieder durch die benachbarte Reihe von Tabakpflanzen im gleichen Tempo mit mir.

»Erinnerst du dich, dass du sagtest, seit deine Minnie tot ist, fehlt ein Stück von dir?«

»Ja«, sagte ich, »wieso?«

»Das stimmt.«

»Was meinst du, dass ein Stück fehlt?«

»Ja.«

»Ist das jetzt wieder deine abenteuerliche Theorie über die drei Leben? Bin ich eines von Minnies drei Leben? Willst du das damit sagen?«

»Das ist keine Theorie, das ist ein Wissen.«

»Und was wäre dann mein drittes Leben? Minnie und ich, das sind nur zwei – es fehlt noch eins.«

»Gib doch zu, dass dir der Gedanke gefällt, anstatt dich mühsam drüber lustig zu machen. Es klappt sowieso nicht.«

»Weil Lachen nichts für Katzen ist, ich weiß.«

»Humor aber schon.«

Jetzt schwirrte mir wieder der Kopf. Sie hatte es wieder mal geschafft, mich durcheinanderzubringen.

»Welche anderen Leben hast *du* denn?«

»Darüber kann ich nicht sprechen«, sagte sie.

»Und wieso nicht?«

»Weil ich die Worte und die Gedanken dazu alle in deinem Kopf finden müsste, aber da ist nichts Brauchbares. Du hast keine spirituelle Ader.«

»Das ist eine Ausrede«, sagte ich, »du willst einfach nicht davon erzählen.«

»Könnte auch sein«, sagte sie.

~

Ich machte mir einen Linsensalat mit Frühlingszwiebeln und glatter Petersilie, schnitt experimentell noch schmale Streifen Radicchio dazu und garnierte das Ganze mit Artischockenherzen aus dem Glas und halbierten Pflaumentomaten. Die Radieschen hätten auch noch dazu gepasst, aber die hatte ich alle schon nebenbei aufgegessen. Das war eigentlich zu aufwendig für mich, aber weil wir doch gemeinsam dinierten, Isso und ich, ließ ich den Ästheten in mir raus. Ihr Schlemmerfilet brutzelte auf kleiner Hitze vor sich hin.

Den Fisch brachte ich als Letztes auf die Terrasse, nachdem ich die Kruste wie besprochen abgekratzt hatte – es sah hübsch aus, ein Glas Wein, der verzierte Linsensalat, ein Schälchen Wasser und der Fisch. Ich brauchte sie nicht zu rufen, ich saß noch nicht richtig, da war sie schon auf den Tisch geflogen und machte sich über das Essen her.

»Mahlzeit«, sagte ich.

Sie schmatzte. Und sie schnurrte beim Essen und trat mit den Vorderpfoten kleine Dellen in die Tischplatte. Sie versuchte es zumindest.

~

Im Heizraum hatte ich eine Campingliege gesehen, als ich mit dem Schornsteinfeger dort gewesen war, die holte ich jetzt und brachte sie auf die Terrasse. Im Flurschrank lag ein Wollplaid, das diente mir als Matratze, Kissen und Decke nahm ich vom Bett. Wenn mich kein Regen überraschte und das

Bettzeug ruinierte, konnte Carmen Seelig eigentlich nichts dagegen haben, dass ich mir ein Lager im Freien aufschlug.

Isso war nach dem Essen verschwunden. Ich schenkte mir ein zweites Glas Wein ein, setzte mich an den Terrassentisch und ließ mich von der nächtlichen Wärme umschmeicheln. Die Nacht war sehr hell. Vielleicht schon Vollmond.

Jetzt wäre ich gern Raucher gewesen. Das sanfte Aufglimmen einer Zigarette oder Zigarre hätte noch ins Bild gepasst.

Ich hörte ein Klavier. Das musste Carmen Seelig sein. Was sie spielte, klang schön, von Fehlern keine Rede. Ich entdeckte jedenfalls keine. Ich ging die halbe Strecke in Richtung ihres Hauses, um besser zu hören, und jetzt erkannte ich auch das Stück – es war die Pathétique.

In Seeligs Haus brannte kein Licht. Sie spielte im Dunkeln. Vielleicht war sie ein bisschen betrunken. Wenn sie bis eben auf dem Fest gewesen war, hatte sie vielleicht ein Glas zu viel erwischt und traute sich deshalb jetzt noch ans Klavier.

Ich stand weit genug entfernt zwischen den Rebstöcken, dass sie mich auf keinen Fall als Lauscher entdecken würde. Das hoffte ich jedenfalls, ich wollte nicht von ihr für einen Spanner gehalten werden. Sie spielte schön. Betörend schön. Das war keine Hobby-Pianistin, das war jemand, der mit Seele musizieren kann, weil das Handwerk ihn nicht mehr kümmern muss.

Inzwischen spielte sie etwas von Schubert, das

glaubte ich jedenfalls. Ich ging zurück zu meinem Haus und genoss den Fluss der Töne aus der Entfernung. Es machte mich traurig und glücklich zugleich.

~

Ich wachte immer wieder auf, aber nur um mich an der Luft zu freuen, die ich atmete, dem Geruch und den Geräuschen der Nacht, einer leichten kitzligen Aufregung – es fühlte sich großartig an, im Freien zu schlafen. Isso ließ sich nicht blicken, sie hatte wohl Wichtigeres zu tun. Erst bei Tagesanbruch biss sie mir in den Zeh, dass ich nach Luft schnappte vor Schreck und sie viel zu laut anschrie: »Aua. Was ist denn mit dir los?«

»War einfach zu verlockend«, sagte sie, »du hast den Zeh bewegt.«

»Und das ist schon Grund genug, reinzubeißen?«

»Na klar. Ich bin eine Katze. Ich hab Reflexe.«

»Minnie hat das gemacht, als sie winzig klein war. Du bist doch erwachsen.«

»So erwachsen dann auch wieder nicht. Jedenfalls nicht jetzt gerade.«

Jetzt hörte ich das aufgeregte Krächzen eines Vogels. Das war sicher ein Eichelhäher, der die Vogelwelt in der Gegend vor Isso zu warnen versuchte. Dabei war sie im Augenblick nur mir gefährlich. Sie hatte noch immer diese kugelrunden Augen, an denen ich sah, dass ihr der Sinn nach weiteren Attacken stand. Ich hatte alles, was an mir dran war, unter die Decke gepackt, sie musste mir schon in die Nase beißen, wenn sie irgendwas zu fassen kriegen wollte.

»Feigling«, sagte sie.

»Ich hab auch Reflexe«, sagte ich.

»Mit denen würde ich nicht so angeben.«

»Komm, lass mich noch ein bisschen schlafen. Es ist so schön hier draußen, und es ist noch viel zu früh, um schon in Streifen gerissen zu werden.«

Sie saß jetzt wieder da und putzte sich, ganz die Unschuld, der man ungerechte Vorwürfe macht. Ich ließ wohlweislich alles unter der Decke und versuchte weiterzuschlafen.

Irgendwann wachte ich auf, weil sie mir die Haare wusch. Dann legte sie sich um meinen Kopf, und ich spürte ihr Schnurren.

»Du bist süß«, sagte ich.

»Wir können nur scharf und bitter und salzig und sauer unterscheiden«, sagte sie, »süß ist keine …«

»Katzenkategorie«, sagte ich. »Halt die Klappe und schlaf.«

Sie tat es.

~

Beim Frühstück in der Badewanne leistete sie mir nur kurz Gesellschaft. Wir redeten nicht. Als sie vom

Klo hüpfte, diesmal federleicht, das konnte sie also auch, und entspannt aus dem Badezimmer trabte, zweifelte ich wieder an mir selbst, das heißt, ich zweifelte daran, dass sie wirklich mit mir sprach, und war vorübergehend wieder entschlossen, das Ganze als Auswuchs meiner Phantasie zu betrachten. Aber dann kam mir ein starkes Gegenargument in den Sinn: Sie war schlagfertig. Das bin ich nicht. Wenn alle ihre Antworten aus meinem Kopf gekommen wären, dann hätte ich mich nicht so gut amüsiert.

Und mir fiel ein, dass ich den ganzen gestrigen Tag weder an meinen Verleger noch an die Schande, nicht an das Handy und nicht an die Lebensversicherung gedacht hatte. Ich erholte mich.

Die Kirchenglocken läuteten. Wie lange hatte ich das schon nicht mehr gehört. Nicht dass es mir je gefehlt hätte, aber jetzt klang es doch fremd und vertraut zugleich, wie etwas nicht gründlich genug Vergessenes, das man, ohne es zu wissen, herbeigesehnt hat.

Und das Licht war anders. Als ich die Campingliege wieder in den Heizraum trug, schien mir alles weißer, heller, kühler in den Farben. War das schon der nahende Herbst? In der Stadt wäre mir das nicht aufgefallen.

Ich wollte meinen Artikel überfliegen. Vielleicht kam mir ja eine Idee für den Anfang, irgendeine Anekdote, eine kleine Geschichte, die die These umspielte, aber der Laptop war noch nicht ganz hochgefahren, als ich die Stimme von Frau Seelig hörte. »Sind Sie da? Hallo?«

Ich ging raus zu ihr. Sie hatte die Hand am Holzstoß und holte ihre Zigarettenschachtel heraus.

»Ich hatte schon Angst, Sie hätten mit dem Rauchen aufgehört, weil ich Sie gestern den ganzen Tag nicht gesehen habe.«

»Ich hab noch ein zweites Depot«, sagte sie, »näher am Haus. Das kommt dran, wenn Johannes weg ist. Außerdem haben wir nachmittags schon geprobt.«

Hoffentlich ist das Depot nicht im Vogelhäuschen, dachte ich, sonst müssten sie dieselbe Sorte rauchen und dürften nie nachzählen.

»Wie hat Ihnen die Musik gefallen?«

Ich ging davon aus, dass sie nicht das nächtliche Klavierspiel meinte und antwortete: »Gut. Sehr gut. Mir sind ehrlich gesagt sogar fast die Tränen gekommen.«

Sie nahm einen tiefen ersten Zug und sah mich skeptisch an, ob ich sie nicht vielleicht auf den Arm nähme. Dann lächelte sie, weil sie in meinem Gesicht keinen Hinterhalt fand.

»So ist das hier in der Kleinstadt«, sagte sie, »alle machen bei irgendwas mit. Bei der Feuerwehr, bei der Fastnacht, beim Sozialdienst oder bei der Musik. Ich mag's.«

»Das ist eine gute Kapelle«, sagte ich, »keine Schande, da mitzumachen.«

Sie sah ihre Zigarette an, als wäre die irgendwie von selbst in ihre Hand geflogen, und verzog das Gesicht. »Die schmeckt noch nicht. Es ist viel zu früh zum Rauchen.« Dann nahm sie noch einen

Zug, gab der Sache eine letzte Chance, aber es schien sich nicht zu bessern, also ging sie zum Aschenbecher und drückte den noch viel zu langen Rest aus.

»Ich wollte eigentlich, dass Sie mit mir rüberkommen in die Praxis. Ich kann was gegen Ihre Rückenschmerzen tun. Wollen Sie?«

»Ja gern«, sagte ich und dachte: sogar extrem gern, denn das bewegungslose Liegen mit Isso am Kopf hatte mein Problem verschlimmert. Ich war aufgewacht mit dem Gefühl, ich müsste erst mal ein paar Knochen brechen, um überhaupt wieder halbwegs beweglich zu sein.

~

Die Praxis war ein Kellerraum mit einer Liege, einer Kommode, einem Sitzball und einer Matte. An den Wänden hingen großformatige Drucke von Miró, Kandinsky und Haring, und auf der Kommode stand ein kleiner CD-Player. Ein Regal mit Handtüchern und Decken und eine Stehlampe bildeten den Rest der schlichten Einrichtung.

»Sie dürfen die Unterhose anlassen«, sagte sie, und ich zog mich aus.

»Hier«, sie deutete auf die Liege, »Nase durch das Loch und Arme seitlich runterhängen lassen.«

Ich tat, was sie sagte, und spürte gleich darauf ihre Hände, die mich zu massieren begannen. Sie fing unten an, bei den Lendenwirbeln direkt über dem Hintern, und arbeitete sich sehr langsam das Rückgrat entlang nach oben.

»Gut?«, fragte sie.

»Sehr«, sagte ich, »ich könnte schnurren vor Vergnügen.«

»Tun Sie das.«

Jetzt fiel mir ein, dass sie sich fragen könnte, wo ich die seltsamen Kratz- und Bisswunden herhatte, Katze oder Brombeerstrauch, viel mehr Möglichkeiten gab es nicht. Aber da sie mich nicht fragte, musste ich auch keine Ausrede erfinden. Außerdem, wieso eigentlich? Hatte ich mich schon von Issos konspirativem Getue anstecken lassen?

»Haben Sie was vom Verleger gehört?«, fragte sie.

»Nein«, sagte ich, »mein Handy ist aus, die E-Mails schau ich nicht an, ich bin sozusagen vom Erdboden verschwunden.«

»Aber irgendwann müssen Sie, oder?«

»Was meinen Sie?«

»Ihre Truppen sammeln, Ihre Verteidigung aufbauen, so was.«

»Gar nichts mach ich. Ich wehre mich nicht.«

»Wie bitte? Sie wollen sich das gefallen lassen?«

»Ja. Der Verbrecher kriegt, was er will, und ich gebe ihm nicht die Ehre, mich zu wehren.«

»Das ist …«, sie brauchte eine Weile, um das richtige Wort zu finden, »… bekloppt.«

»Mag sein«, sagte ich, »aber es fühlt sich erstaunlich gut an.«

»Kann ich nicht nachvollziehen.«

»Müssen Sie nicht.«

»Klingt das ein kleines bisschen arrogant?«

»Das sollte es nicht. Ich weiß eben nur, was ich will. Vielleicht ist es mir ja recht, dass er mein Leben zertrümmert. Vielleicht finde ich das ja gut.«

»Der betrügt, und Sie lassen ihn damit durchkommen.«

»Ja.«

»Sie brauchen einen Arzt.«

Nach dieser harschen Abfuhr für meine Haltung sagte sie erst mal nichts mehr, aber mir schien, als griffen ihre Hände jetzt ruppiger zu. Ich wusste auch nicht, was ich reden sollte, überließ mich ihrer Behandlung und stellte fest, dass ich das Schweigen zwischen uns nicht unangenehm fand. Trotz Dissens, obwohl sie mich für bekloppt erklärt hatte, fühlte sich dieses Schweigen ausgeruht an.

»Am Mittwoch kommt meine Familie wieder«, sagte sie schließlich mehr zu sich selbst als zu mir, »Johannes holt die beiden ab bei seinen Eltern in Hannover.«

»Freuen Sie sich?«

»Ja«, sagte sie und drückte auf eine offenbar sehr verspannte Stelle, dass mir fast die Luft wegblieb, »und nein. Ich weiß dann zwar wieder, wozu ich auf der Welt bin, aber die trubelfreien Tage hatten auch was. Ich könnte mich dran gewöhnen.«

»Gemischte Gefühle«, sagte ich.

»So wie es immer ist. Eindeutig ist nichts im wirklichen Leben. Eindeutig ist es immer nur in Büchern oder Filmen.«

»Aua«, sagte ich, denn jetzt schien sie die allerschmerzhafteste Stelle gefunden zu haben.

»Da müssen Sie durch. Wird gleich besser.«

Sie hatte recht. Ob ich mich nur an den Schmerz gewöhnte, oder ob er tatsächlich nachließ, konnte ich nicht sagen, aber es wurde besser.

»Haben Sie Kinder?«

Ich schwieg. Vielleicht schwieg ich zu lange, denn sie fragte irgendwann: »Trete ich Ihnen zu nahe?«

»Nein«, sagte ich. »Nein für beides. Ich habe keine Kinder, und Sie treten mir nicht zu nahe. Ich musste nur nachdenken, die Antwort ist nicht einfach.«

Jetzt schwieg sie. Sie wartete, ob ich weiterreden wollte, und falls nicht, würde sie mich in Ruhe lassen. Vielleicht war es diese Gewissheit, dass sie mich nicht bedrängte, dass sie mein Schweigen akzeptieren würde, ohne diese Wendung für peinlich zu halten, die mich dazu brachte, ihre Geduld zu belohnen.

»Ich hatte einen Sohn«, sagte ich, »er ist tot seit sechzehn Jahren.«

»Das tut mir leid.« Ihre Stimme war leise.

Ich war froh, dass ich auf dem Bauch lag und jetzt nicht ihr Gesicht sehen konnte, ob sich darin Mitleid, Schrecken oder peinliches Berührtsein zeigte, und ich war froh, dass sie meins nicht sah, in dem sich nichts zeigte. Vor allem kein Schmerz. Vielleicht deshalb, weil ich mich neutral fühlte, unbeteiligt, unbetroffen, redete ich weiter.

»Er war siebzehn und brachte mir ein kleines Kätzchen, das ich hüten sollte, solange er mit seinen Freunden in Portugal war. Und eine Woche später kam er im Sarg nach Hause. Er war von einer Klippe gestürzt.«

Wir schwiegen. Ihre Hände waren jetzt wieder sehr viel sanfter. Irgendwann sagte sie leise: »Und seine Mutter?«

»Die starb, als er sieben war.«

Jetzt bewegten sich ihre Hände nicht mehr. Sie lagen zwischen meinen Schulterblättern. Ihre Stimme war noch leiser als eben: »Das ist ja furchtbar.«

»Es *war* furchtbar«, sagte ich, »jetzt nicht mehr, jetzt ist es nur noch lange her.«

»Wie ist sie gestorben?«

»Sie hatte Krebs, Brustkrebs, und sie hat sich der Medizin verweigert, nur diesen Scharlatanscheißdreck mitgemacht. Meditation, Ayurveda, Homöopathie – es war entsetzlich. Sie war so ideologisch verbohrt, dass niemand sie zu einer Operation und Chemotherapie bewegen konnte.«

Ich war froh, dass sie nicht weiterfragte. Stattdessen massierte sie mich wieder, inzwischen an den Schulterblättern, sie näherte sich dem Bereich, der am meisten wehtun würde, dem Nacken. Irgendwann redete sie doch wieder.

»Wie hat dein Sohn das verkraftet?«

»Stoisch, wie ich«, sagte ich, »wir haben zusam-

mengehalten, unseren Zweimännerhaushalt orga-
nisiert und uns mutig gefühlt, wenn wir was taten,
was Mama missbilligt hätte. Zum Beispiel drei
Abende hintereinander Pizza vom Lieferdienst essen. Er war tapfer, er hat sich dran gewöhnt.«

»Und du? Hast du dich dran gewöhnt?«

»Nach ein paar Jahren schon. Anfangs habe ich
nur so getan, als ob. Ich musste ja gerade stehen. Er
konnte doch keinen heulenden Jammerlappen als
Vater brauchen.«

»Hast du eine neue Frau gefunden?«

»Nein.«

»Auch keine Freundin?«

»Es hat sich einfach nicht ergeben. Und ich wollte
ihn nicht durcheinanderbringen. Seine Mutter war
ihm heilig. Er wäre sich vorgekommen wie ein Ver-
räter. Und vielleicht wäre *ich* ihm vorgekommen
wie einer.«

»Hat dir jemand geholfen? Deine Mutter oder
Schwiegermutter oder irgendeine Tante?«

»Nein. Nur wir zwei.«

Jetzt tat es richtig weh. Ich musste mich beherrschen, dass ich nicht jaulte. Sie war mit meinen
Schultern und dem Nacken beschäftigt, drückte mit
den Daumen genau auf die Punkte, mit denen man
mich in den Orkus schießen kann.

»Ich weiß«, sagte sie, »tut weh. Muss aber sein.«

Ich atmete nur tief ein und aus, wenn der Schmerz
für kurze Zeit nachließ, und sagte nichts. Ich dachte
nicht einmal darüber nach, wie wir so einfach zum
Du übergegangen waren. Plötzlich war es da. Und

es fühlte sich richtig an. Eigentlich war bis jetzt nur sie dazu übergegangen – ich schob die neue Anrede noch vor mir her.

Und das, was ich die ganze Zeit eigentlich sagen wollte, schob ich auch vor mir her: Ich habe um meinen Sohn nicht getrauert. Gegenüber der Polizistin vor meiner Tür hatte ich alle Floskeln abgesondert, die sich in solch einem Fall gehören: »Nein« und: »Ich kann es nicht fassen«, mein Gesicht hatte sich starr und wie gefroren angefühlt, aber mein Sohn hatte mir nicht leidgetan, und erschüttert war ich nicht von seinem Tod gewesen, sondern von der Erkenntnis, dass er mich nicht erschütterte.

Unsere Zweimannfamilie hatte eine Zeit lang gut funktioniert. Er vertraute mir, und ich unterstützte ihn. Wir mochten uns, wir lachten miteinander, spielten Scrabble und Trivial Pursuit, machten Ausflüge an Orte, die ihn interessierten, gingen in Filme, die ihm gefielen, und lasen Bücher gemeinsam. Bis zu seiner Pubertät.

Dann begann er mich zu verachten, ich weiß bis heute nicht, weshalb, er sah über mich hinweg, hatte ein höhnisches Grinsen auf dem Gesicht und schwieg Löcher in die Welt, so lange, bis ich es aufgab, um ihn zu werben. Ich hatte wieder und wieder versucht, ihn zu erreichen, seine stumpfsinnige Krawallmusik zu ertragen, seine Schweigsamkeit zu dulden und ihn trotzdem nicht aufzugeben.

Aber irgendwann tat ich es doch. Als ich bemerkte, dass ich nur noch bettelte, verschloss ich mich, ebenso wie er sich verschlossen hatte, und lebte genauso neben ihm her, ohne ihn zu beachten, wie er das schon seit langer Zeit mit mir getan hatte. Ich war allergisch gegen ihn geworden, konnte sein Schlurfen nicht mehr hören, seine herabhängende Unterlippe nicht mehr sehen und seine muffige Wäsche nicht mehr riechen. Ich mochte ihn nicht mehr. Er war ein großspuriger, verstockter und ignoranter Blödian geworden, der glaubte, mich verachten zu dürfen, obwohl ich für ihn da war, sogar das Schreiben aufgegeben hatte. Zumindest das richtige Schreiben, das Erfinden und Erzählen. Ich konnte ihn nicht ernähren und kleiden und zum Schlagzeugunterricht schicken, wenn ich Romane schrieb, von denen niemand wusste, ob sie überhaupt den Vorschuss einbringen würden. Also hatte ich begonnen, Auftragstexte, Sachbücher, Übersetzungen anzunehmen, denn dazu brauchte man kein Glück, es genügte, wenn man den Fleiß aufbrachte.

Seine Mutter hatte als Dozentin an der Uni gut verdient, und ich war der Hausmann, da ich ohnehin am Schreibtisch saß und meine Zeit einteilen konnte. Ohne ihr Einkommen war es einfach nicht mehr möglich gewesen, dass ich Schriftsteller blieb. Nicht mit der Verantwortung für ein Kind.

Als er mit siebzehn endlich auszog, war ich so erleichtert, dass ich zu glauben begann, irgendwann später könnten wir beide vielleicht wieder Freunde werden. Wenn wir uns nur nicht sehen mussten. In zwei, drei, vier Jahren, wenn er seine Idiotenphase überwunden haben würde und sich daran erinnerte, dass ich ihm ein guter Vater gewesen war.

Und als er mit dem Kätzchen vor meiner Tür stand, wertete ich das als seinen Versuch, wieder Kontakt zu mir zu knüpfen. Vielleicht ebbte ja der Idiotenphasen-Hormonstrom endlich ab. Aber ich merkte, dass ich den Kontakt nicht wollte. Er würde noch ein paar Jahre warten müssen. Vielleicht für immer. Und so kam es dann auch.

Später hatte ich mich manchmal im Verdacht, dass ich Minnie die Liebe zukommen ließ, die er verschmäht hatte, dass sie irgendwie die Fortsetzung seines Lebens sei und ich über sie mit ihm Verbindung hielte, aber das waren Gedanken, wie man sie über einen Fremden denken mag, theoretisch, möglich, nicht bewiesen. Florian wäre dann die Fortsetzung seiner Mutter gewesen und Minnie seine. Aber Minnie hatte ein liebenswürdiges, zärtliches Wesen gehabt, nicht das eines stummen Rüpels mit zur höhnischen Grimasse verzerrtem Gesicht. Wenn sie irgendwie seine Seele weitergetragen hätte, dann nur die des Kindes, nicht die des jungen Mannes.

»Jetzt auf den Rücken«, sagte Carmen, und ich wusste nicht, wo die letzten Minuten geblieben waren. Ich hatte nichts gespürt. Keine Ahnung, ob sie mir wehgetan oder was sie gesagt hatte, falls sie überhaupt geredet hatte. Ich war weg gewesen.

»Warum schreibst du eigentlich keine Romane mehr?«, fragte sie. »Ich habe *Die Fliegensammlung* im Internet bestellt und angefangen. Es ist gut. Gefällt mir.«

»Hat sich so ergeben«, sagte ich.

»Müsste aber nicht unbedingt so bleiben, oder?«

Mein Kopf lag in ihren Händen, ich hatte die Augen geschlossen und versuchte, mich ganz ihr zu überlassen. Ich hatte sie noch immer nicht geduzt. Vielleicht würde sie erschrecken, wenn ich es tat. Vielleicht hatte sie den Umstieg überhaupt nicht bemerkt.

»Es braucht Mut«, sagte ich und staunte über meine Ehrlichkeit.

»Und der fehlt dir?«

»Ich weiß es nicht. Vielleicht. Und es braucht auch eine Idee.«

»Ein Mann wird zu unrecht einer Missetat beschuldigt, flieht vor dem Skandal, findet einen Ort, an dem er zu sich selbst kommt, trifft auf nette Gesellschaft …«

Ich musste lachen: »Wenn es so einfach wäre.«

Sie ließ sich nicht rausbringen: »… kommt wieder in Berührung mit seinem Trauma und stellt fest, dass er noch immer auf die Trauer wartet, die er irgendwie verpasst hat.«

Was war denn jetzt los? Das hatte ich doch nicht erzählt. Konnte sie Gedanken lesen?

»Nein«, sagte sie, »ich lese nicht deine Gedanken, ich zähl nur eins und eins zusammen. Du musstest gleich nach dem Tod deiner Frau so tun, als hättest du alles verkraftet, du hattest keine Minute Zeit, in deinen Schmerz zu fallen, weil du für deinen Sohn da sein musstest.«

Meine Augen waren geschlossen. Es kitzelte in

den Augenwinkeln. Ich schluchzte nicht, und ich schniefte nicht, aber mir liefen die Tränen rechts und links in die Ohren. Ich spürte, dass Carmen sie mit vorsichtigen Bewegungen wegwischte. Dann legte sie ihre Hände wieder auf meine Schultern und ließ sie so liegen.

»Entschuldige«, sagte ich irgendwann.

»Nein. Das ist gut«, sagte sie. »Ganz sicher.«

Auf meiner Haut unter ihren Händen wurde es warm. Es wurde sogar heiß. Ich lag da und wartete auf nichts. Wir schwiegen beide und warteten auf nichts.

»Fertig«, sagte sie dann leise. »Du kannst dich anziehen.«

Sie ging aus dem Raum und ersparte es mir, ihrem Blick ausweichen zu müssen. Ich zog mich an und folgte ihr nach oben. Sie stand in ihrer Küche und trank ein Glas Wasser. Sie hielt es mir hin mit fragendem Gesicht – ich schüttelte den Kopf und sagte nur: »Danke.«

»Morgen noch mal«, sagte sie, »wenn du willst. Du brauchst noch ein bisschen mehr davon.«

～

Als ich am Vogelhäuschen vorbeikam, hatte ich eine Idee und ging zurück. Ihre Tür stand noch offen, und ich rief ins Haus: »Soll ich was für dich kochen? Morgen Abend?«

»Warum nicht heut' Abend?« Sie kam aus der Küche, immer noch das Wasserglas in der Hand.

»Ich müsste erst einkaufen, und heut' ist Sonntag.«

»Und wenn du dich in meiner Beilagensammlung umschaust? Wir schmeißen das Material zusammen, und du machst ein Essen draus.«

»Mal sehen«, sagte ich und ging hinter ihr her in die Küche. Sie öffnete mir mit ironisch-pathetischer Geste den Kühlschrank, als glitzerten dort die Kronjuwelen von England, und ich fand mehr als genug für meine Zwecke. Eine Packung Quark, einen Becher Joghurt, Gurke, Chicorée, Tomaten, Kartoffeln, Schalotten, Zitrone. Ich packte alles in eine Plastiktüte, die sie für mich aus einer Schublade holte, und verabredete mich mit ihr um halb sieben.

~

Wieso war ich so geschwätzig? Einfach Ja zu sagen wäre doch nicht schwer gewesen, als sie mich nach Kindern gefragt hatte. Aber dann hätte sie weitergebohrt und mich früher oder später doch an den Punkt gebracht, der mich als verlorenes und noch immer schreckstarres Familienüberbleibsel zeigte. Ich hätte es nicht geschafft, sie anzulügen.

Allerdings *hatte* ich sie angelogen, ihr das Wesentliche verschwiegen, nämlich dass mich Florians Tod nicht aus der Bahn geworfen hatte. Schuld und

Scham trug ich mit mir herum, was ihn betraf – die Erinnerung an ihn war immer auch die Erinnerung an meine Gleichgültigkeit, das Fehlen von Trauer, die Leere, die sich mit seinem Bild verband. Falls ich auf irgendeine Trauer wartete, dann allenfalls auf die um meine Frau. Aber ich glaubte, in der Wut, die ich nach ihrem Tod empfunden hatte, sei alle Trauer aufgelöst worden. Schon während ihres Sterbens, dieser elenden, qualvollen Auszehrung, diesem kläglichen Verenden, verspürte ich diese Wut. Auf ihre Überheblichkeit, die sie selbst als Demut inszenierte, auf diesen hoffärtigen Selbstmord in Zeitlupe. Etwas anderes als diese Wut empfand ich seither nicht mehr für sie, die uns mutwillig alleingelassen hatte, um sich mit der arroganten Dummheit gläubiger Fanatiker als Heldin zu gebärden. Aber um wen hatte ich dann geweint?

Es passte mir nicht, dass Carmen jetzt Mitleid mit mir hatte. Und dass dieses Mitleid auf falschen Voraussetzungen beruhte, passte mir noch viel weniger. Aber ich würde den Teufel tun und ihr erklären, dass ich um meinen Sohn keine Minute getrauert hatte und um meine Frau nur in Form eines Zorns, der sich kaum noch von Hass unterscheiden ließ. Ich brauchte ihr das nicht zu sagen. Sie wusste es irgendwie. Sie hatte gesagt, ich hätte meine Trauer verpasst.

»Du bewegst dich ja wie ein Panther«, sagte Isso, als ich durchs Wohnzimmer zur Küche ging. Sie lag auf ihrem Sofa und fuhr die Krallen aus. Ich hoffte, sie zöge keine Fäden aus dem Stoff, das wollte ich Carmen und Johannes nicht antun.

»Woher weißt du, wie sich ein Panther bewegt?«

»Ist doch die Verwandtschaft.«

»Entfernt«, sagte ich.

»Großkatze oder Kleinkatze, die wesentlichen Gene sind dieselben«, sagte sie, und mir war klar, dass ich dieses Geplänkel nicht weitertreiben musste. Sie hatte gerade mal wieder ihre rechthaberischen Anwandlungen.

»Mir ist gerade eine zwar schmerzhafte, aber unglaublich wirkungsvolle Massage verabreicht worden«, sagte ich, »deshalb kann ich wieder gehen wie ein sprungbereites Raubtier.«

»Steht dir gut«, sagte sie. Und schloss die Augen. Und gähnte. Und ließ ihr Gebiss klacken.

Ich machte mir ein Butterbrot in der Küche, füllte ihr Trockenfutterschälchen und das Wasser auf und überlegte, was ich jetzt tun wollte, schlafen oder spazieren gehen. Oder schwimmen? Nein, am Sonntag konnte der See bevölkert sein.

»Hast du Lust, spazieren zu gehen?«, fragte ich Isso, aber ich sah gleich an ihrer Haltung, dass daraus nichts wurde.

»Muss schlafen«, sagte sie.

Also ging ich allein los, den Weg, auf dem ich sie kennengelernt hatte, vorbei am Holzstoß, an der Lichtung, tiefer in den Wald und irgendwann später in ein weites Tal mit vereinzelten Häusern und Höfen. Hier konnte man sich noch im siebzehnten Jahrhundert wähnen, man musste nur die glitzernden Autos übersehen, die auf der Straße in der Talmitte so ziemlich das einzige bewegliche Element in dieser dösenden und hitzeflirrenden Landschaft bildeten.

Es lag wohl an der Tageszeit, kurz vor zwei, dass ich alleine hier draußen unterwegs war, kein Jogger, kein Nordic-Walker, kein Hundeausführer und kein Radfahrer störten meine Ruhe.

Ich hatte nie von Florian geträumt. Und nur einmal von meiner Frau. Besuchten die mich nicht? Wenn Isso recht hatte und in den Träumen eine Art Kontaktaufnahme stattfand, dann wäre das ein deutliches Zeichen dafür gewesen, dass keine Verbindung mehr bestand. Aber sie hatte natürlich nicht recht, das war esoterischer Quark. Trotzdem, über mich sagte es vielleicht etwas aus: Ich wollte diesen Kontakt nicht.

Wenn Isso jetzt hier gewesen wäre, hätten wir uns irgendwo hinlegen können. Ich war müde. Die Massage hatte Kraft gekostet.

~

Ich fiel ins Bett und schlief bis kurz vor fünf. Nach dem Aufwachen erinnerte ich mich nicht daran, irgendwas geträumt zu haben, aber mein Hirn war in Unruhe, so als suchte ich nach dem Namen eines Schauspielers oder dem Synonym für ein nicht perfektes Wort.

Für mein frugales Essen brauchte ich noch nichts vorzubereiten, das war alles in einer halben Stunde erledigt, und die Kartoffeln konnte ich erst schälen und reiben, kurz bevor sie in die Pfanne sollten, sonst würden sie braun und unschön. Auch den Backofen musste ich jetzt noch nicht vorwärmen.

Ich stand unschlüssig in der Küche und überlegte, was ich schon tun konnte, und da fiel mir ein, wonach ich gesucht hatte. Es war ein Gedanke. Und zwar der, dass ich mir selbst unsympathisch war in meiner Selbstgerechtigkeit. Ich sprach mich frei von Mitgefühl, nur weil meine Frau verbohrt gewesen war und mein Sohn sich als Schnösel ausprobiert hatte. Das war klein. Mit dieser Haltung wurden meine Vorwürfe zu Bumerangs. Ich war selbst verbohrt und ein Schnösel. Leider konnte ich diese Entdeckung nicht mit Carmen teilen – ich wollte nicht auch noch ihr unsympathisch werden – und mit Isso schon gar nicht, denn Selbstgerechtigkeit war keine Katzenkategorie.

~

Als Carmen, wieder mit einer Flasche Brunello unterm Arm, auftauchte, wie immer von der Terrasse mit dem Ruf: »Bist du da? Hallo?«, hatte ich schon die Vorspeise fertig: Chicoréeblätter mit Tomatenwürfeln, Frühlingszwiebeln und Petersilie gefüllt, die ich erst im letzten Moment mit Salz, Öl und Zitrone anrichten würde. Die Kartoffeln waren auch schon geschält und gerieben, ich war gerade dabei, ihnen die Feuchtigkeit zwischen mehreren Lagen Küchenpapier auszupressen.

Sie öffnete den Wein, während ich die erste Portion Rösti in die Pfanne gab, dann schaute sie mir aufmerksam dabei zu, wie ich Quark mit Joghurt und einem Esslöffel Olivenöl mischte, feine Schalottenringe darüberstreute, Salz, Pfeffer und den bei meinen Rezepten fast obligatorischen Teelöffel Gemüsebrühe.

»Wenn's gut schmeckt, mach ich's dir nach«, sagte sie.

Ich musste mich beherrschen, ihr nicht ein Geständnis aufzudrängen, meine Erkenntnis, dass ich ein kleinlicher und selbstgerechter Misanthrop war, kam mir so bedeutend vor, dass ich sie am liebsten mit jemandem geteilt hätte, aber das hier war keine Psychotherapie, sondern ein freundschaftliches Essen unter temporären Nachbarn. Und das Teilen von Erkenntnissen war nichts mehr, was in mein Einzelgängerleben passte, solchen Impulsen nachzugeben hatte ich mir vor etwa zwanzig Jahren abgewöhnt.

»Prost«, sagte Carmen und hielt mir ein gefülltes Glas hin, »wenn du dich als Koch bewährst, dann heiraten wir dich.«

»Pluralis majestatis, oder meinst du Johannes und dich?«

»Natürlich Johannes und mich. Wir machen alles gemeinsam.«

Außer dem Rauchen, dachte ich, und vielleicht noch dem Schwimmen bei Regen, aber ich sagte nichts. Ich wäre mir wie eine Petze vorgekommen.

Stattdessen bot ich ihr eine Gabel Rösti zum Probieren an. »Seriös«, sagte sie, und ich ließ die ganze knusprige Platte auf einen Teller gleiten, den ich in den Backofen stellte, um die Pfanne für die zweite Portion frei zu haben.

»Merkst du was von der Massage? Hat's dir gutgetan?«

»Ich kann fliegen«, sagte ich, »hab extra Gewichte in meine Schuhe gepackt, damit's mich nicht davonweht.«

»Was denn für Gewichte?« Sie lachte.

»Einen Kontoauszug und drei Seiten aus Krieg und Frieden.«

Wir aßen draußen. Die Vorspeise fand Carmens Zustimmung, und als sie die erste Gabel Rösti mit Quark probierte, schielte sie und seufzte: »Willst du unser Mann werden?«

»Ja«, sagte ich und legte ihr ein bisschen Gurkensalat auf den Teller.

»Und? Wie geht's mit dem Roman voran?«

Ich musste lachen. »Den mit dem Mann, der so nette Gesellschaft findet?«

»Ja. Du hattest doch den ganzen Nachmittag Zeit.«

»Ich bin nicht Simenon. Der hat seine Bücher in je einem Monat runtergeschrieben.«

»Schade«, sie lächelte, »ich hätte gern schon mal das erste Kapitel gelesen.«

»Willst du dich als Muse ausprobieren?«

»Ganz im Ernst. Das würde ich gerne. Bei dir würde sich das nämlich lohnen. Ich habe in der *Flie-*

gensammlung weitergelesen. Du bist ein packender Erzähler. Ich will's nicht aus der Hand legen.«

»Danke.«

»Und kochen kannst du auch.«

»Frugal.«

»Also los, wir denken uns noch schnell den grausamen Mord aus, der hier geschieht, und dann fängst du an mit Schreiben.«

»Ein düsteres Familiengeheimnis geht auch.«

»Ich bin die Enkelin eines Kriegsverbrechers, sein Erbe ist mit Blut besudelt, und ich will das Geheimnis nicht lüften, weil Johannes der Enkel eines der Opfer ist.«

»Du hast Angst, ihn zu verlieren, wenn er das herausfindet?«

»Ja. Und vor allem hab ich Angst, ihn zu verletzen. Den Horror wieder aufzurühren, der seine Kindheit so vergiftet hat.«

»Dabei weiß er das alles schon längst und ist seinerseits nie damit rausgerückt, um dich zu schonen.«

»Gut. Sehr gut. Am Ende spende ich das ganze Geld einer Hilfsorganisation.«

»Und reitest mit Johannes und den Kindern in den Sonnenuntergang.«

»Genau.«

Sie hielt mir ihren leeren Teller hin – ich sollte ihn auffüllen. Also holte ich die nächste Portion Rösti aus dem Backofen und freute mich über ihren Appetit.

»Wann musst du am Bahnhof sein?«, fragte sie,

und ich erschrak, denn es war mir tatsächlich gelungen, meine Abreise am nächsten Tag zu verdrängen.

»Halb elf«, sagte ich.

»Da kann ich dich fahren. Und wenn du willst, massiere ich dich noch vorher. So gegen neun.«

»Ja«, sagte ich und versank für einen Moment in Abschiedsschmerz, weil ich alles wieder auf mich zukommen sah, dem ich mich so glücklich entronnen fühlte. Das vermüllte Berlin, mein vermülltes Seelenleben, meine vermüllte Reputation.

»Schade, dass du meine Mädchen nicht kennenlernst. Wenn sie nicht gerade streiten, sind sie süß.«

»Gut, wenn ich sie nicht kennenlerne«, sagte ich, »sonst würd's mir vielleicht noch schwerer fallen, hier wegzufahren.«

Sie sah mich an. Wie Isso. Eigentlich sah sie ihr zum Verwechseln ähnlich. Fehlten nur der hellgraue Fleck überm linken und der schwarze überm rechten Auge.

~

Drei Zigaretten und jeweils ein Glas später verabschiedete sie sich mit einem Kuss auf meine Wange, und ich zog den Sessel nach draußen, nachdem ich den Abwasch fertig und die Küche aufgeräumt hatte. Ich schaute mir die Dämmerung an und versuchte, den Moment zu erkennen, an dem die Farben verschwinden und nur noch Hell-Dunkel übrig bleibt. Es ging nicht. Entweder wusste ich noch, dass der Ahorn grün war und sah das Grün im Schwarz, oder er hatte wirklich ein sehr dunkles Grün, das kaum mehr von Schwarz zu unterscheiden war.

Ich hatte Villa-Lobos aufgelegt und lauschte in den Pausen, ob vielleicht wieder Klavierspiel von drüben erklänge. Als es ganz dunkel geworden war, so dunkel, wie es eben bei klarem Himmel und fast vollem Mond werden konnte, holte ich mein Handtuch und ging zum See.

Auf dem Weg hörte ich ferne Musik, eine Rockband, die alte Chuck-Berry-Sachen spielte. Es klang nicht sehr gekonnt, aber das konnte auch an der Entfernung liegen. Vielleicht wäre es direkt vor den Boxen akzeptabel gewesen.

Im Wald wurde es dann wirklich finster, aber ich kannte den Weg nun schon so gut, dass ich ihn fand, ohne mich zu verletzen oder zu verlaufen.

Inzwischen, nach drei heißen Tagen, war das Wasser warm wie in der Badewanne, und zusammen mit dem Mondlicht ein einziges Schmeicheln und Schmiegen an meiner Haut. Ich versuchte, aufmerksam zu sein, den Moment zu genießen, meinen Abschied vom verwunschenen See, aber es war wie im Museum vor einem grandiosen Original. Ich wusste, dass erst die Erinnerung alles zusammenfügen würde, was jetzt nur in einzelnen Teilen bei mir ankam. Wärme hier, Feuchtigkeit da, Plätschern dort und Mondlicht, Käuzchen, Rascheln im Wald noch mal woanders.

Ich blieb im Wasser, bis meine Fingerspitzen verschrumpelt waren. Issos großer Frosch. Leider war sie nicht da, um mit mir den Heimweg anzutreten.

~

Das Käuzchen rief noch immer, als ich mich in mein wieder aufgebautes Terrassenbett legte, und es rief weiter in meinen Traum hinein. Dort klang seine Stimme allerdings nicht mehr sehnsüchtig, sondern ironisch, sie passte zum Gelächter Florians und seiner Mutter, die sich köstlich über mich amüsierten. Ich war seltsamerweise nicht beleidigt über ihren Spott, sondern erleichtert über ihre gute Laune. Und vollends zufrieden, als Minnie in meinem Arm lag und ihre Krallen genüsslich in mein Handgelenk bohrte.

Nein, das war Isso. Sie hatte ihren Hals so nah an meinem Mund, dass ich mit meinem Atem ihr Fell aufplusterte.

»Schön, dass du da bist«, sagte ich.

»Schlaf ruhig weiter«, sagte sie.

»Ich hatte Besuch«, sagte ich.

»Ich weiß«, sagte sie, »tut mir leid mit deinem Sohn.«

Ich wollte gerade wieder einschlafen, da fiel mir auf, dass irgendwas nicht stimmte. Träumte ich schon wieder, oder war ich noch wach?

»Das mit meinem Sohn kannst du doch gar nicht wissen«, sagte ich.

»Na dann eben nicht«, sagte sie, »schlaf.« Und sie drückte ihren Kopf an meinen Mund, dass ich ihr kühles Ohr fühlte, dann drehte sie sich zu mir her und biss mich vorsichtig in die Nase – ich spürte ihre Zähne, aber sie taten nicht weh – dann leckte sie mir über den Mund. Ein Zungenkuss. Dann schnurrte sie. Und ihre Krallen bohrten sich wieder in mein Handgelenk.

~

Die Liege war an ihrem Platz im Heizraum, die Decke im Schrank, der Sessel im Wohnzimmer, und das Teewasser kochte. Als ich den Hahn an der Badewanne aufdrehte, sah ich auf dem Klodeckel drei Mäuseleichen liegen. Ein Abschiedsgeschenk. Sie würde nicht mehr kommen. Aus irgendeinem Grund wusste sie von meiner Abreise.

Obwohl ich die Leichen eklig fand, ließ ich sie liegen. Die Geste war nicht eklig.

~

Die Massage tat so weh und gut wie am Tag zuvor, aber sie fand in fast vollständigem Schweigen statt. Ob Carmen ein Morgenmuffel war oder ob sie meine Melancholie spürte, gar selber eine kleine Abschiedswehmut empfand, die wenigen Worte, die sie an mich richtete, waren Befehle wie »Jetzt auf den Rücken bitte«, oder Ankündigungen wie »Tut weh, aber nicht lange.«

Auch zum Bahnhof fuhren wir schweigend.

»Ich bleib nicht zum Winken«, sagte sie dort, »Abschiede sind nicht so meins.«

Ich nickte und stellte meine Tasche ab. Dem Impuls, sie einfach in die Arme zu nehmen, gab ich nach, ohne ihn vorher auf seine Schicklichkeit hin zu überprüfen, und sie erwiderte meine Umarmung. Dann küsste sie mich auf beide Wangen und sagte: »Alles Gute.«

Dann ging sie zu ihrem Auto, stieg ein, ließ das Fenster runter und winkte, während sie aus meinem Blickfeld kurvte.

Der Zug stand schon da. Ich stieg ein. Und starrte auf den Boden vor meinem Sitz, bis er losfuhr.

~

Ich brauchte ein paar Stunden, bis kurz vor Mannheim, um mich aus meinem Abschiedsjammer herauszugrübeln. Die Landschaft, die an mir vorbeizog, kam mir wie eine Kulisse vor, nur dazu aufgestellt, mich mit der Botschaft, *Es gibt auch andere schöne Orte*, zu belügen. Immer wieder fielen mir Sätze von Isso ein: *Sei nicht so ermahnlich, Wir Katzen sind Musen, Du siehst aus wie ein großer Frosch,*

Tut mir leid mit deinem Sohn, oder ihre seltsame Reinkarnationstheorie, die sie mir zwar nicht erklären, aber locker vor den Latz hatte knallen können, so wie jeder religiöse Spinner, der mit freundlicher Inbrunst auf alle Logik pfeift.

~

Zwischen Mannheim und Frankfurt gelang es mir dann nach und nach wieder, die Realität zu akzeptieren. Es war eine schöne Woche gewesen, aber nicht das wirkliche Leben – das erkannte man schon daran, dass im wirklichen Leben Katzen nur Geräusche machten, keine Worte, und in *meinem* wirklichen Leben ein Haus auf dem Land einfach nicht zu den realistischen Perspektiven gehörte. Ich würde diese Auszeit als schönes Geschenk verbuchen, ein Geschenk, das ich mir selbst gemacht hatte und das mir von Carmen, Isso und Johannes gemacht worden war, und jetzt ginge es eben wieder mit der Normalität weiter. Den dämlichen Mini-Skandal würde ich aussitzen, den miesen Verleger ignorieren und mein Leben wie bisher weiterführen.

~

In Frankfurt schaltete ich mein Handy ein und stellte fest, dass nur zwei Anrufe in Abwesenheit und eine SMS drauf waren, der eine Anruf kam von Wolf, die Nummer des anderen erkannte ich nicht, die SMS war von einem Verlag, der mir eine Übersetzung anbot. Ich beantwortete sie und sagte zu. Die Anrufe konnten warten.

~

Irgendwo vor Kassel hielt der Zug auf freier Strecke. Eine Signalstörung. Das war die Gelegenheit, meine Rückkehr in die Wirklichkeit zu forcieren, und ich schaltete den Laptop ein. Das Internet ließ ich links liegen – bis ich meinen Namen wieder googeln würde, musste noch einige Zeit vergehen, aber ich rief meine E-Mails ab. Ganz oben in der Liste stand der Absender *cujseelig*. Und im Betreff die Zeile *Erde an Raumschiff*.

Ja, das ist jetzt peinlich: Aus unserer Hochzeit wird nichts, weil Johannes so ein Spießer ist. Er findet, ich könnte mir Deine Rezepte aufschreiben, das käme aufs Gleiche raus. Dabei schwärmt er derart von Dir, dass ich mich beherrschen muss, nicht eifersüchtig zu werden. Er sagt, so einen Nachbarn würde er mit Kusshand nehmen, endlich ein Mensch, mit dem man reden könne, ohne vor lauter innerem Gähnen einen Muskelkrampf zu kriegen. Das klingt ja grad so, als könne er

*mit mir nicht reden. Ich schlucke diese herabsetzende
Aussage aber widerspruchslos, weil es mir selbst nicht
anders geht: Knapp drei Stunden nachdem Du weg-
gefahren bist, hinterlässt Du hier schon eine Lücke.*

*Nun hatte Johannes, mit dem ich ausführlich
telefoniert habe, eine Idee, die ich so gut finde, dass ich
gern behaupten würde, sie käme von mir: Sei unser
Gast bis mindestens Ostern. Im Herbst und Winter
will kein Mensch das Haus mieten, ehrlich gesagt,
auch im Frühjahr und Sommer kaum. Du warst unser
einziger Mieter seit Pfingsten, und davor war niemand
drin seit letztem Sommer. Wir wollen keine Miete
von Dir, es reicht, wenn Du Strom, Gas und Wasser
bezahlst. Ab Ostern kannst Du unser richtiger Mieter
werden, weil Du spätestens dann in Geld schwimmen
wirst, wegen des Romanerfolgs, mit dem Johannes
und ich weidlich angeben wollen, indem wir jedem
erklären, die netten Nachbarn in der Geschichte,
das sind wir.*

*Ich kann hier von unserem Dirigenten einen Trans-
porter leihen, um Deine Bücher, Deinen Drucker und
den Inhalt deines Kleiderschranks aus Berlin zu holen,
ich helf Dir auch beim Renovieren Deiner Wohnung,
falls Du Dich entschließt, sie aufzugeben.*

*Falls Du dieses Angebot jetzt irgendwie märchenhaft
oder gar übertrieben findest, bitte mach Dir klar, dass
von unserer Seite nur Eigennutz im Spiel ist. Johannes
kriegt keine Gähnkrämpfe mehr, wir bekommen
mindestens einmal die Woche ein anständiges Beilagen-
menü gekocht, das Haus ist bewohnt und belebt und
erstarrt nicht zu einer beheizten De-facto-Ruine,*

mein Zigarettendepot wird bewacht, und wir gehen in die Literaturgeschichte ein.

Und jemand muss das ganze Zeug aus dem Garten essen. Tomaten, Zucchini, Gurken, Bohnen, Radieschen, Salat – ich ernte mehr, als ich brauchen kann, da muss mir jemand helfen.

Ich lass Dich auch in Ruhe, wenn Du Konzentration zum Schreiben brauchst, kann allerdings sein, dass Du mich dann mal rausschmeißen musst, falls ich es nicht selber merke.

Bitte überleg nicht lang, pack Deine Tasche wieder voll, und nimm den nächsten Zug hierher. Alles weitere, Umzug und eventuelle Renovierung etc., regeln wir dann wochenendweise. Und falls Du Dich doch noch dazu entschließen solltest, Deinem Verleger die Stirn zu bieten, treibt Johannes einen Kollegen auf, der ihm was schuldet und Dich unentgeltlich berät oder vertritt.

Wir würden uns alle freuen, wenn Du uns die Ehre gäbest, unser netter Nachbar zu sein, Johannes und ich, die Mädchen und jemand, der jetzt schon ums Haus streicht und so tut, als interessiere es ihn nicht besonders, ob die Jalousie hochgeht oder nicht. Dieser Jemand hat graue und schwarze Flecken und findet, es herrsche noch Gesprächsbedarf.

Bis hoffentlich bald, Deine Carmen

~

In Kassel stand ein Zug in die Gegenrichtung auf dem Bahnsteig. Ich bestieg ihn und setzte mich in den Speisewagen, um einer Horde von Schülern auszuweichen, die von ihrem Ausflug in die Hauptstadt zurückfuhren. Zum Glück fuhren sie nur bis Frankfurt mit, wo ich ein Abteil fand, in dem ich meine Ruhe hatte.

Wie konnte Carmen von Isso wissen? Und gar von so etwas wie Gesprächsbedarf? Und wieso hatte Isso von meinem Sohn gewusst? Dieses Rätsel musste ich lösen.

~

In Mannheim wachte ich von der Stimme der Ansagerin auf und brauchte einen Moment, um mich wieder zurechtzufinden, denn ich war im Traum auf der Buchmesse gewesen, um mein neues Buch vorzustellen, niemand sah mich schräg an, niemand sagte Plagiator zu mir, alle waren freundlich und enthusiastisch, und ich signierte einen ganzen Stapel Bücher.

~

Als der Zug anfuhr, beobachtete ich eine Mutter mit Kind, einem etwa sechsjährigen Jungen, die jemandem winkten, den ich nicht sah. Einer Oma, einer Tante oder dem Vater des Kindes. Es fühlte sich an wie ein Schwall heißen Wassers, als mir klar wurde, dass ich wirklich meine Trauer verpasst hatte. Es war mir jahrelang gelungen, das misszuverstehen. Ich hatte es geschafft, den Zorn auf meine Frau für eine Art Kompensation zu halten und den Ärger über meinen Sohn für einen Grund, ihn nicht zu vermissen.

Die Tränen, die ich um Minnie geweint hatte, zeigten mir, dass ich nicht abgestumpft war, ich hatte es nur bislang geschafft, meine Frau und meinen Sohn davon auszuschließen.

Noch etwas wurde mir klar: Ich fuhr nach Hause. Zu Isso und Carmen und Johannes, aber auch zu mir selbst. Und dort, im Bungalow, in den Wein- und Tabakfeldern, zwischen Ahorn und Birken würde nicht nur ich auf mich warten, der Mann, der ich mal gewesen war und vielleicht wieder sein würde, der Mann, der wieder ein Buch schreiben würde, ein eigenes, keinen Auftragstext – es würden dort auch die auf mich warten, die ich aus meinem Inneren ausgewiesen hatte. Irgendwann würden sie wieder da sein, und ihr Da-Sein wäre ein Fehlen, ein Abwesend-Sein, und es würde mich so erschüttern, wie mich Minnies Tod erschüttert hatte. Und ich wäre nicht allein damit. Eine schräge Katze mit esoterischen Anwandlungen und eine Nachbarin, die fest vorhatte, mir auf die Nerven zu gehen, würden mir beistehen, wenn ich Beistand brauchte.

~

Nach dem Umsteigen in die Privatbahn, die mich das letzte Stück befördern würde, saß mir ein kleines Mädchen gegenüber und starrte mich an. Sie saß neben ihrer Mutter und starrte so lange, bis ich sie fragte: »Kennen wir uns?«

Sofort dachte ich, die Mutter wird mich als Kinderschänder verdächtigen, der eine Anbahnung versucht, aber sie sah mich ohne gesteigertes Interesse an, als das Kind antwortete: »Sie sind der Mann, der auf dem Holzstoß geschlafen und von einer Katze geträumt hat.«

Ich lächelte und nickte. Das Mädchen hatte recht. Man konnte das alles auch als Traum ansehen. Ich hatte nur das Glück, diesen Traum zu erleben. Ich hatte sogar die Chance, ihn weiterzuträumen.

Den ersten Satz des Buches wusste ich schon: *Sakrament, bist du schön.*

Danke an meine Frühleser:
Jone Heer, Axel Hundsdörfer, Bernhard Lassahn,
Christiane Mühlfeld, Uli Gleis, Michael Kröher,
Sybille Hempel-Abromeit, Patrick Langer, Klaus
Hemmerle und Claudia und Uli Kettner.

»Eine Geschichte voller Sanftmut und Heiterkeit.«

NDR

Coverabbildungen vorbehalten

Thommie Bayer

Das Glück meiner Mutter

Roman

Piper Taschenbuch, 224 Seiten
ISBN 978-3-492-31886-0

Der Drehbuchautor Phillip Dorn nimmt sich eine Auszeit und fährt für eine Weile in die Toskana. Bei Espresso und Rotwein lässt er die Gedanken schweifen: zu seiner verlorenen Liebe Bettina und zu seiner Mutter, der er den größten Schmerz ihres Lebens zufügte. Eines Nachts reißt eine Fremde ihn aus seinen Erinnerungen, als sie heimlich seinen Pool benutzt. Die beiden kommen ins Gespräch, kommen einander näher – und Phillip ahnt nicht, dass Livia die Antwort auf viele seiner Fragen bereithält.

PIPER

Leseproben, E-Books und mehr unter www.piper.de

Die Liebe kann groß sein.
Aber nicht ewig.

Coverabbildungen vorbehalten

Thommie Bayer
Fallers große Liebe
Roman

Piper Taschenbuch, 208 Seiten
ISBN 978-3-492-27214-8

Eines Tages steht der unergründliche Faller im Laden des jungen Antiquars Alexander. Er überredet ihn, mitzukommen auf eine Reise, deren Ziel Faller nicht preisgeben will. Gemeinsam suchen sie schließlich die Antwort auf eine der schwierigsten Fragen: Was ist schlimmer, die Liebe seines Lebens zu verlieren oder sie nie zu finden?

PIPER

Leseproben, E-Books und mehr unter www.piper.de

Fünf Gäste und eine alte Schuld

Thommie Bayer

Sieben Tage Sommer

Roman

Piper Taschenbuch, 160 Seiten
ISBN 978-3-492-31937-9

Es ist eine großzügige Geste: Max Torberg lädt fünf alte Freunde in sein südfranzösisches Ferienhaus ein. Doch Torberg selbst taucht nicht auf. Eine junge Frau, Anja, empfängt und bewirtet die Gäste, die sich zunehmend eine Frage stellen: Warum sind sie hier?

»Diese ›Sieben Tage Sommer‹ haben etwas von einem Soufflé, sie sind leicht und locker geschrieben.« *Christine Westermann*

Leseproben, E-Books und mehr unter www.piper.de